SUSPENS

Tome III

Pierre Bellemare est né en 1929.
Dès l'âge de dix-huit ans, son beau-frère Pierre Hiegel lui ayant communiqué la passion de la radio, il travaille comme assistant à des programmes destinés à R.T.L.
Désirant bien maîtriser la technique, il se consacre ensuite à l'enregistrement et à la prise de son, puis à la mise en ondes.
C'est Jacques Antoine qui lui donne sa chance en 1955 avec l'émission *Vous êtes formidables.*
Parallèlement, André Gillois lui confie l'émission *Télé-Match.*
A partir de ce moment, les émissions vont se succéder, tant à la radio qu'à la télévision.
Pierre Bellemare ayant le souci d'apparaître dans des genres différents, rappelons pour mémoire :
Dans le domaine des jeux : *La tête et les jambes, Pas une seconde à perdre, Déjeuner Show, Le Sisco, Le Tricolore, Pièces à conviction, Les Paris de TF1, La Grande Corbeille.*
Dans le domaine journalistique : *10 millions d'auditeurs,* à R.T.L.; *Il y a sûrement quelque chose à faire,* sur Europe 1; *Vous pouvez compter sur nous,* sur TF1 et Europe 1.
Les variétés avec : *Pleins feux,* sur la première chaîne.
Interviews avec : *Témoins,* sur la deuxième chaîne.
Les émissions où il est conteur, et c'est peut-être le genre qu'il préfère : *C'est arrivé un jour,* puis *Suspens* sur TF1; sur Europe 1 *Les Dossiers extraordinaires, Les Dossiers d'Interpol, Histoires vraies, Dossiers secrets* et *Au nom de l'amour.*

Paru dans Le Livre de Poche :

LES DOSSIERS EXTRAORDINAIRES
DE PIERRE BELLEMARE, tomes I et II.
LES NOUVEAUX DOSSIERS EXTRAORDINAIRES
DE PIERRE BELLEMARE, tomes I et II.
LES DOSSIERS D'INTERPOL, tomes I, II, III, IV, V.
LES AVENTURIERS.
LES AVENTURIERS
(nouvelle série).
C'EST ARRIVÉ UN JOUR, tomes I, II, III.
HISTOIRES VRAIES, tomes I, II, III, IV, V.
SUSPENS, tomes I, II, III, IV.
QUAND LES FEMMES TUENT, tomes I et II.

PIERRE BELLEMARE

Suspens

Tome III

TEXTES DE
MARIE-THÉRÈSE CUNY

ÉDITION N° 1/GÉNÉRIQUE

DES MAINS DE DENTELLIÈRE

Le cliquetis des instruments chirurgicaux, le souffle du malade, le léger grésillement des lampes, le petit bruit de l'oxygène... La salle d'opération est le royaume du docteur Josca. Du brillant docteur Josca, spécialiste du cerveau.

Depuis sept ans qu'il opère dans cette clinique du Venezuela, il a obtenu des résultats dont ses confrères parlent avec admiration. Il faut des mains de dentellière pour accomplir les miracles qui ont fait sa réputation.

Les deux mains blanches et fines du docteur Josca sont emprisonnées dans leur gangue de caoutchouc. Sa voix étouffée par le masque donne des ordres brefs. Deux assistants, un anesthésiste et deux infirmières glissent autour de lui, efficaces, silencieux, tendus et admiratifs.

L'opération dure depuis trois heures déjà. Une tumeur compliquée, mal placée. Le malade a trois chances sur cinq de s'en sortir. C'est ce qu'a dit le docteur Josca à la famille : « Trois chances sur cinq, si on tente l'opération. Si on ne la tente pas, aucune. » Comme d'habitude, il avait l'air sûr de lui, ses mains blanches croisées sur son menton, comme deux outils délicats.

La famille a dit oui. La malade a dit oui. On les avait prévenus, si le docteur Josca proposait l'opération, c'est qu'il fallait accepter, c'était la seule chance.

C'est pourquoi la jeune Estrella, vingt ans, allongée sur la table d'opération, attend de savoir si les trois chances sur cinq lui permettront de vivre. Dire qu'elle attend est faux. Elle attend sans le savoir, elle dort d'un sommeil de droguée où la souffrance ne pénètre pas, sans cesse surveillée par l'anesthésiste.

Le docteur Josca ne voit même pas son visage, dissimulé sous les toiles stériles... Un joli visage aux traits purs. Estrella est incontestablement la plus belle fille qu'il ait jamais rencontrée et ses mains tremblent par moments. L'un des assistants l'a remarqué. Par deux fois, il a tendu ses poignets à l'infirmière qui s'est empressée de rajuster les gants. Une ruse pour ne pas montrer sa fatigue. Car il ne peut s'agir que de fatigue... Sinon, pourquoi les mains du docteur Josca trembleraient-elles ?

Estrella ne se réveillera pas pour l'instant. Le docteur Josca a prévenu la famille de cela aussi. Trois chances sur cinq, mais un risque, celui du coma. Et le coma est là. Peut-être pas irréversible, peut-être pas mortel, mais dangereux.

Dans la chambre où elle semble dormir, la jeune fille ne peut pas recevoir de visites. Un déploiement impressionnant de machines la maintient en vie. Respiration, sérum, cœur, cerveau, tout est enregistré, surveillé à chaque minute. Le docteur Josca contrôle personnellement l'évolution de la malade.

Et c'est le temps des communiqués de santé laconiques. A la mère qui vient trois fois par jour, on répond :

« Etat satisfaisant. Pas d'évolution morbide. Diagnostic réservé. »

Au père, qui téléphone dix fois par jour, on répond :

« Pas d'inquiétude. Elle réagit normalement. On ne peut rien faire pour l'instant. »

Mais dans le service du docteur Josca, on discute

ferme, car c'est la première fois que le grand chirurgien se trompe. L'opération était sûrement trop délicate, il a voulu tenter le diable...

D'ailleurs, lui-même n'en parle pas à ses confrères de la clinique. Il a enfermé le dossier médical de sa patiente dans son bureau. Et, selon sa secrétaire, il passe des heures à l'étudier, examinant sans relâche les radios. Car il n'a rien pu faire. Il n'a pas pu atteindre la tumeur. En pleine opération, il a tout à coup renoncé, alors que ses assistants n'avaient rien remarqué d'anormal et que la malade ne présentait aucun symptôme inquiétant. D'un ton sec, il a interrompu l'intervention.

« J'arrête. On referme, préparez-vous et faites vite. »

Apparemment, il avait raison, puisque la jeune fille ne s'est pas encore réveillée du coma où elle a sombré, il y a huit jours déjà.

Terrorisés, les parents font le siège de son bureau et leur médecin de famille prend la décision de rencontrer le docteur Josca. Le 4 septembre 1967, il lui téléphone. C'est le neuvième jour, Estrella n'a pas bougé un cil.

Or le docteur Josca n'aime pas être dérangé. Son ton est cassant :

« Vous rencontrer ? Pourquoi cela ?

– Eh bien, Estrella est une enfant que j'ai suivie longtemps, je connais sa famille, et la mère surtout a besoin d'être rassurée. J'aimerais connaître la situation à fond, pour pouvoir les aider à surmonter l'épreuve. Ils me font confiance depuis si longtemps !

– Est-ce que cela veut dire qu'ils ne me font pas confiance ?

– Pas du tout, mais vous comprenez, ils ont été surpris de la décision de leur fille, cette maladie a été si rapide, si soudaine, mettez-vous à leur place. Estrella est leur seule enfant...

– Et alors ? Elle est majeure, et je suis spécialiste !

Vous ne croyez tout de même pas que j'ai pris cette décision à la légère...

– Je n'ai pas voulu dire cela, docteur Josca, loin de moi la pensée que...

– Alors, que signifie votre intervention ? Vous faites de la médecine générale, contentez-vous de soigner vos petits malades...

– Docteur Josca, je veux croire que vos nombreuses activités vous interdisent de me recevoir pour l'instant. Votre réaction ne peut s'expliquer autrement. »

A l'autre bout du fil, il y a un court silence... Alors, le médecin de famille reprend :

« Voyons, si nous décidions d'un rendez-vous dans la semaine, qu'en pensez-vous ? Encore une fois je ne veux pas me mêler de votre diagnostic, simplement rassurer la famille qui m'a demandé de voir la malade. Vous comprenez, ils sont intimidés, leurs rapports avec vous ne sont pas aussi familiers qu'avec moi. C'est là la seule raison, croyez-le. »

La voix du docteur Josca l'interrompt, toujours aussi dure :

« Entendu, mon cher « confrère », entendu. J'ai l'habitude. Dans ma spécialité, les gens comprennent difficilement le pourquoi des choses. Passez me voir à la clinique, demain en fin de soirée, et rendez-moi service : dites aux parents que je suis prêt à leur faire un cours complet sur la tumeur de leur fille. S'ils y comprennent quelque chose, et s'ils ne sont pas démoralisés après ça, ils pourront peut-être me laisser faire mon travail... A demain, et ne soyez pas en retard. Dix-neuf heures, s'il vous plaît ! »

Le docteur Josca n'est pas homme à perdre son temps. Il n'est pas homme à s'attendrir. Mais c'est un grand chirurgien du cerveau et on est prêt à beaucoup lui pardonner.

La jeune Estrella qui lui faisait entièrement confiance, disait toujours : « J'ai eu de la chance de tomber sur lui. J'aurais pu mourir sans jamais savoir de quoi. Il va me sauver. »

Mais il ne l'a pas sauvée. Et il reste de longs moments dans son bureau, tordant ses deux mains blanches avec nervosité. Tandis qu'elle respire mécaniquement dans une pièce stérile, morte-vivante, toute sa beauté en sursis, pour combien de temps ?...

Le lendemain soir, le docteur Josca reçoit le médecin de famille dans son bureau à dix-neuf heures précises. Il est seul. C'est un brave homme d'une cinquantaine d'années, au visage ouvert, un peu rougeaud. Rien de commun avec le docteur Josca, l'élégance, la fortune, l'autorité, la désinvolture du chirurgien.

Les deux hommes se saluent. Un léger froid, comme un malaise, s'installe entre eux. Un duel se prépare, c'est évident. Un duel qui n'est pas uniquement médical, chacun des hommes le devine, sans savoir exactement pourquoi.

Le docteur Josca est un bel homme, indiscutablement. Avec toutefois quelque chose de dur et d'inhumain sur le visage, même quand il sourit, ce qui est le cas :

« Pardonnez-moi de vous avoir reçu un peu fraîchement au téléphone, mais votre démarche était inattendue. Vous comprenez, cette jeune fille est ma malade depuis un an, et je n'ai eu de contact avec sa famille que depuis l'opération. Depuis, le père et la mère me harcèlent. Raisonnablement, je n'ai de comptes à rendre qu'à ma patiente.

– Si elle était en état de les recevoir.

– Bien entendu.

– En attendant, la famille est légalement autorisée à se préoccuper de sa maladie.

– Je ne reviendrai pas là-dessus. Dites-moi ce que vous souhaitez savoir ?

– J'aimerais consulter son dossier...

– Avec plaisir, mais saurez-vous l'interpréter ? Des radios, des électro-encéphalogrammes, des tests, des résultats de sondage crânien. Je préférerais vous les commenter. Non que je doute de vos capacités...

– Allons droit au but, docteur Josca. Vous doutez de mes capacités et vous avez raison. Je ne suis qu'un petit médecin sans spécialité. Mais il se trouve que moi, je doute des vôtres...

– Comment osez-vous ?

– Plus exactement, je doute que l'opération que vous avez tentée sur Estrella ait été indispensable.

– Vous m'accusez d'un faux diagnostic ?

– Pour l'instant, oui.

– Et qu'est-ce qui vous permet une énormité pareille ?

– Estrella est ma future belle-fille. Mon fils et elle se sont fiancés il y a un an, quelque temps avant qu'elle ne vienne vous consulter...

– Et alors ? Vous intervenez personnellement si je comprends bien, et non en médecin. Je comprends mieux à présent...

– Vous ne comprenez pas tout, docteur Josca. J'aime beaucoup ma future belle-fille, mon fils y est très attaché et je l'ai soignée moi-même à différentes reprises pour des bricoles, car c'était une jeune fille en excellente santé !

– Vous ignorez sans doute qu'une tumeur peut se déclencher brutalement ? On a le temps de mourir cent fois en un an !

– Je n'ignore rien de tout cela. Mais j'étais contre le traitement que vous lui aviez indiqué. Son état général ne collait pas du tout avec votre diagnostic...

– Elle ne vous a pas écouté, heureusement...

– Non, docteur, malheureusement. Car j'ai compris trop tard...

– Ecoutez, cela suffit ! J'en ai assez entendu. Si vous voulez m'accuser, adressez-vous au Conseil de l'Ordre !

– C'est fait !

– Alors, qu'attendez-vous pour me poursuivre devant les tribunaux ?

– C'est fait. Nous avons déposé plainte hier soir, après mon coup de fil. J'ai compris que vous ne céderiez pas. »

Le docteur Josca est devenu blanc, aussi blanc que ses mains blanches. Une veine cogne à sa tempe et son visage si distingué devient presque bestial...

« Vous avez osé ? Stupide petit médiocre ! Vous avez osé ! Et vous m'accusez de quoi, hein ? D'avoir interrompu une opération qui mettait la vie de ma malade en danger ? Qu'est-ce que vous savez de ce genre d'intervention ? Rien, bien sûr ! Vous soignez les foies et les rhumatismes !

– Docteur Josca, je suis venu vous demander en communication le dossier médical d'Estrella. Je veux voir les radios qui ont précédé l'intervention et celles qui ont suivi.

– Pourquoi ? Si la justice me les demande, je les lui donnerai ! Mais à vous, pourquoi ?

– A moi, parce que nous pouvons encore sauver Estrella. Et que si vous voulez coopérer, la justice en tiendra compte, je m'en charge...

– Vous semblez bien sûr de vous ! Vous me voyez déjà devant les juges, c'est ridicule ! Personne ne peut me condamner, à part le Conseil de l'Ordre, et il ne le fera pas, je suis trop sûr de moi et de mon diagnostic.

– Ecoutez-moi, docteur Josca, écoutez-moi bien. Nous n'avons pas de temps en perdre. Mon fils, moi-même et la famille d'Estrella, avons déposé plainte hier soir. Plainte pour meurtre avec préméditation, docteur...

– Meurtre ? Comme vous y allez ! Personne n'est mort que je sache !

– Estrella va mourir et vous l'avez voulu. Mon fils a tout compris, lui. Vous étiez amoureux d'elle, vous la vouliez et elle allait vous échapper, elle vous l'a dit un jour quand elle a rencontré mon fils.

– Du roman ! J'ai connu Estrella au club de tennis, comme tout le monde. Je suis marié, et bien trop vieux pour une jeune fille de son âge ! C'est ridicule. Si vous comptez sur cette histoire pour me discréditer, vous êtes fou !

– Vous avez voulu vous venger, docteur Josca. A partir de ce jour-là, Estrella est soi-disant tombée malade. Elle avait soi-disant une tumeur au cerveau, bénigne, puis maligne, enfin il fallait opérer, disiez-vous ! Et elle n'avait confiance qu'en vous. Vous l'aviez probablement droguée, ou hypnotisée... Jusqu'à ces jours-ci, nous étions tout de même à cent lieues de croire à une fausse intervention, c'est pourtant ce que vous avez fait ! Vous avez fait semblant d'opérer, pour mieux la tuer, avec un machiavélisme épouvantable ! J'ignore ce que vous avez fait à cette malheureuse, mais je veux le dossier, les radios, tout ! Il est peut-être encore temps de la sauver !

– Vous dites, si je comprends bien, qu'Estrella n'avait pas de tumeur, et que j'ai opéré pour mieux la supprimer ? C'est ça ? Et quelle preuve avez-vous ?

– Pas de preuve, docteur, c'est vous qui les avez. Moi, je n'ai qu'une simple certitude... toute bête.

– On peut savoir laquelle ?

– Une petite radio des sinus, prise par mes soins pour une légère intervention, il y a deux ans environ. Sur cette radio, on peut voir une petite cicatrice, minuscule. Je sais, docteur Josca, que cette cicatrice n'est pas sur vos radios à vous. Pour une bonne et simple raison, ces radios ne sont pas celles d'Estrella... »

Même les grands criminels ne peuvent penser à tout. Et le docteur Josca vient d'accuser le coup. S'il avait su que le fiancé d'Estrella avait un père médecin de quartier ! Que faire ? Il n'a pas le temps de trouver une parade...

Car c'est vrai, le dossier d'Estrella est un faux dossier. N'importe quel expert pourrait s'en rendre compte. Et même à l'heure actuelle, à la minute présente, n'importe quel médecin pourrait affirmer qu'il n'existe aucune tumeur dans le cerveau de la jeune fille. Le docteur Josca l'a inventée en se servant du dossier d'une malade décédée qu'il n'avait même pas opérée. Comme il lui était difficile de continuer son horrible jeu en salle d'opération, il a fait celui qui abandonnait à la dernière limite. Au grand étonnement de ses deux assistants d'ailleurs... Mais, sans ce petit médecin ridicule, tout aurait pu marcher. Personne n'osant contredire le grand spécialiste, le ponte, le mandarin de la neurochirurgie crânienne...

Tout à coup, le docteur Josca contre-attaque :

« Si vous êtes venu me voir, c'est que vous n'êtes pas sûr de vous !

– Oh ! si, malheureusement. Et votre attitude a ôté mes derniers doutes. Mais que la justice suive son cours ne m'intéresse qu'en second lieu. Ce que je veux, c'est savoir ce que vous avez fait à Estrella pendant cette intervention et pourquoi elle est dans le coma. Ce que je veux, c'est le vrai dossier, les vraies radios, celles qui vous ont permis d'accomplir votre meurtre !

– A quoi cela vous avancerait-il ?

– Je note que vous reconnaissez votre crime pour la première fois. Ce qui m'intéresse, c'est de la sauver. Vous pourrez peut-être refaire ce que vous avez défait ?

– C'est ça que vous êtes venu me demander ? A moi ?

– Oui. Si Estrella n'est pas morte, c'est que vous avez raté votre crime. Cela veut dire que vous avez raté votre opération, et si vous l'avez ratée, on peut peut-être la sauver...

– J'en doute !

– Combien de chances ?

– Une sur cinq

– Tentez-la.

– Pourquoi le ferais-je ?

– La justice en tiendra compte, et nous pourrons peut-être retirer notre plainte...

– Joli cadeau que vous me faites là. Le mal est fait, il y aura enquête de toute façon.

– Essayez !

– Pourquoi moi ?

– Vous êtes le seul chirurgien capable à des kilomètres à la ronde, le temps presse et Estrella est intransportable.

– Vous n'avez pas peur que je la tue ?

– Si. Mais c'est déjà fait de toute façon...

– J'ai dit une chance sur cinq. Mon échec peut être involontaire.

– Acceptez-vous, oui ou non ?

– Non.

– Alors, vous le ferez quand même, la police saura vous en convaincre et vous surveiller.

– Vous vous prenez pour un grand policier, n'est-ce pas ? Un génie de la psychologie policière ?

– Non, monsieur. Personnellement, si je pouvais vous tirer dessus à la mitraillette, je ne m'en priverais pas. Mais la police est en bas. Ayez l'obligeance de me remettre le dossier d'Estrella. Le vrai et le faux. Le procureur en a besoin d'urgence... »

Le surlendemain, 7 septembre 1967, le docteur Josca tenta l'opération la plus risquée de sa carrière, en présence de deux inspecteurs de police et de trois de ses confrères délégués par le Conseil de l'Ordre.

Il avait encore menti. Estrella avait quatre chances sur cinq de s'en sortir. Les dégâts qu'il avait précédemment créés n'étaient pas irréversibles, car il lui aurait été difficile, sous le regard de ses assistants, d'en faire plus. Il comptait certainement interrompre plus tard le coma provoqué, en arrêtant tout simplement une petite machine quelconque.

Estrella s'en est donc sortie. Mais pas lui. Il avait exercé au Mexique quinze ans auparavant, sous un autre nom, et on le recherchait pour une histoire de malade mort d'une trop forte dose de curare... Ce malade lui avait prêté une somme considérable pour installer une clinique et il en était mort, apparemment...

Le grand docteur Josca a dû payer de la réclusion perpétuelle sa tentative de meurtre sur Estrella. Et sa femme se bat, depuis 1967, pour obtenir la révision de son procès... Elle seule n'a jamais cru qu'il y avait un Mister Hyde chez ce docteur Jekyll, aux mains de dentellière.

WINNERS LE PERDANT

IL a dix-huit ans. Il est donc mineur, car en 1960 on est mineur à dix-huit ans, même aux Etats-Unis. Seulement, il est en prison avec les grands, car il a volé comme un grand.

Winners répond devant le juge d'instruction des délits suivants :

– Vol d'un marteau, d'un ciseau à bois et d'une série de gouges de tailles différentes;

– Vol d'une pièce de bois, d'une valeur de cinq cents dollars, et de plusieurs traités d'ébénisterie;

– Vol d'une camionnette.

Plainte déposée par John Weister, ébéniste, 52, Step Road, Cleveland, à l'encontre de Winners Miday, apprenti en son magasin, le 22 juillet 1960.

Winners Miday s'assoit sur la chaise de moleskine, en face du juge. Ses deux mains, provisoirement délivrées des menottes, pendent devant lui comme inutiles. Il a de grandes mains faites pour le travail. Et un corps d'adolescent grandi trop vite. Une tignasse de cheveux bouclés lui retombe sur les yeux. Une tête d'enfant insolent, mal élevé, frondeur et malheureux. Le juge qui l'observait en silence demande :

« Tes parents ?

– Pas de parents, monsieur le juge... Vous saviez pas ? Vous saviez pas tout, hein ?

– Tu as une mère pourtant ?

– Ouais. Putain au Mexique... Vous saviez pas ?

– On ne parle pas comme ça de sa mère... D'ailleurs, tu t'es sauvé au Mexique... Ce n'était pas pour la rejoindre ? »

Winners baisse la tête. On dirait qu'il boude.

« Ce n'était pas pour la rejoindre ?

– Non. Je m'en fous de ma mère. Elle m'a dénoncé... Vous saviez pas ? »

Si, bien sûr. Il sait tout cela le juge pour enfants. Mais il a peut-être une autre optique des choses. Une mère « avertit » la police que son fils est un voleur, est-ce une dénonciation ?

Il reste que le jeune Winners a déjà coûté cher à l'Administration qui a dû le rapatrier du Mexique. Il avait réussi à se sauver avec tout le matériel volé à son patron. Que voulait-il faire avec un ciseau à bois, des gouges, une pièce de bois et des traités d'ébénisterie ? Il voulait s'installer à son compte. Il en avait déjà assez d'être apprenti ébéniste. Il voulait ouvrir boutique, fabriquer de vrais faux meubles mexicains et les vendre aux touristes. Des chaises espagnoles, des lampes espagnoles, des tabourets espagnols. Après un an d'apprentissage, il s'en sentait capable. Curieusement, il avait tout volé à son patron sauf de l'argent. Pourquoi ?

« Je suis pas un voleur. Les outils, ça appartient à celui qui sait s'en servir. Le vieux Weister est un exploiteur. Il fait travailler les gosses pour deux dollars par jour et c'est lui qui encaisse les bénéfices ! »

Justicier en plus, le jeune Winners. Et innocent. Il était arrivé chez sa mère avec tout son fourbi en déclarant :

« Je vais gagner de l'argent avec ça, t'auras plus besoin de travailler. »

Pauvre gosse. Depuis l'âge de seize ans, il n'avait pas revu sa mère qui, d'ailleurs, ne voulait pas le revoir. Et il croyait qu'il pourrait, comme ça, installer un atelier dans le taudis où elle vivait et où passait un homme toutes les heures ou presque. Alors, elle avait « averti » la police que « son » fils avait volé du matériel, et voilà, il était là le jeune Winners, assis là avec ses deux grandes mains inutiles. Et le juge était bien perplexe : pas de casier judiciaire, pas d'antécédents. Jusque-là, ni la police ni la justice n'avaient eu l'occasion de rencontrer ce gosse.

« C'est pas très malin ce que tu as fait. Est-ce que tu as une idée de ce qui va t'arriver maintenant ?

– Je vais pourrir en prison, monsieur le juge. Vous saviez pas ? »

« Vous saviez pas... Vous saviez pas... » Il n'arrête pas de crier cette interrogation, comme une vengeance, comme un reproche, une accusation ou un désespoir. Mais il a les yeux secs. A dix-huit ans, on ne pleure pas. Il a pourtant découvert en quelques jours le métier d'une mère qu'il idéalisait sûrement et du même coup son affreuse solitude. Alors, pourrir en prison lui semble une déchéance à la mesure de ses désillusions. Mais il est tombé sur un bon juge.

« Non, je ne savais pas que tu voulais pourrir en prison.

– C'est pourtant vous qui m'y avez collé, non ?

– Non. Ce n'est pas moi, c'est la police. Et elle a fait son métier. Le mien est de comprendre ce qui t'est arrivé et de l'expliquer à ceux qui te jugeront.

– Vous voulez rigoler ! Qu'est-ce que ça peut leur faire ?

– Ça peut leur faire que, s'ils comprennent, tu ne pourriras pas en prison très longtemps. Il y a des maisons d'éducation surveillée où tu pourrais continuer à travailler.

– Travailler pour qui ? Pour des prunes ? J'ai plus envie de travailler.

– Tu avais envie pourtant, puisque tu as volé pour ça.

– C'était pas pareil. C'était pour ma... pour ma mère ! Travailler pour vous ? Croyez pas ça... J'en ai marre de travailler pour des exploiteurs. Et j'en ai marre de travailler tout court. Et j'en ai marre que vous cherchiez à comprendre. Y'a rien à comprendre. Fichez-moi la paix. Je veux rentrer chez moi.

– Chez toi ? Mais c'est la prison chez toi !

– Et alors ? Je vaux pas mieux. Et là au moins on me fiche la paix... »

Monsieur le juge décide qu'il est temps en effet de ficher la paix au jeune Winners. Il a déjà compris pas mal de choses. Il a sur son bureau le rapport de l'assistante sociale qui a vu la mère et l'employeur, et qui a compris elle aussi. Fort bien compris, car son rapport est remarquable. Il n'est pas question de laisser le jeune Winners pourrir en prison, comme il dit. Ce serait dommage. Mais comment faire pour éviter que le gamin ne se laisse gagner par l'atmosphère épouvantable des cellules de la prison, mêlé à des proxénètes, assassins et gangsters minables de tout poil. Trop grand pour être placé ailleurs, il devra côtoyer ce bas monde jusqu'au procès. Si seulement le patron acceptait de retirer sa plainte... Puisque son matériel a été récupéré, ce serait une chose possible...

Monsieur le juge convoque donc le vieux John Weister, ébéniste de son état, qui a une tête de vieux grigou, un regard sournois, des doigts crochus et qui est antipathique au possible, mais il a la loi pour lui.

« Comment ça, retirer ma plainte ? Mais qu'est-ce que c'est ici ? C'est la justice ou le bureau de l'Assistance publique ? Si c'est comme ça que vous traitez les criminels, ça m'étonne pas qu'on assassine à tous les coins de rue. Je paie des impôts, moi. Je suis un honnête citoyen, je veux qu'on punisse ce petit salopard. Il m'a volé tout de même ! »

Aucun espoir de ce côté-là, donc.

Monsieur le juge convoque ensuite l'assistante sociale. C'est une jeune femme extraordinaire. Mariée, mère de deux enfants de trois et cinq ans, Leslie Turner a choisi le métier le plus difficile et le plus mal payé qui soit, faire de la « récupération » de jeunes délinquants. Une licence de psychologie, un certificat de droit et un courage remarquable font d'elle une assistante précieuse. Malheureusement, l'administration des Etats-Unis ne cultive pas beaucoup ce genre de fonctionnaires. Et Leslie Turner est plus bénévole qu'autre chose, tandis que sa maison est souvent transformée en centre d'accueil.

Le juge lui confie son problème.

« Okay, dit Leslie. Je vais d'abord voir le gamin. Ensuite, j'irai revoir son ancien patron. Je le connais bien, c'est une crapule. »

Et tout va très bien. Tout va vite et bien. Il semble que Leslie Turner soit exceptionnellement douée. Que des montagnes de difficultés apparemment infranchissables s'écroulent devant elle. Elle obtient la confiance du jeune Winners. Elle entortille le vieux Weister... Sûrement le diable sait comment ! Car le vieux retire sa plainte. Bref, Winners Miday ne pourrit en prison que trois semaines. Et il est relâché sous surveillance par monsieur le juge. Un bel exploit.

Winners Miday est donc relâché et mis sous surveillance. Son éducatrice, Leslie Turner, est chargée de lui trouver du travail, un logis, et surtout de veiller à ce que la solitude ne le pousse pas à refaire des bêtises.

Car, s'il ne pourrit pas en prison, Winners n'en est pas joyeux pour autant. Il ne parle plus de sa mère mais son comportement a changé. Lui qui semblait aimer son métier, n'a aucun désir de le reprendre. Il flotte. Et il se raccroche à Leslie Turner. Le premier soir il a couché dans la chambre d'amis, s'excusant d'encombrer avec timidité :

« Je vais pas vous embêter longtemps. J'ai pas l'habitude d'embêter les gens longtemps. D'ailleurs, je veux pas être surveillé comme un gosse. »

Le deuxième soir, son balluchon sur l'épaule, il

traînait sur le pas de la porte. Leslie l'écoutait avec patience.

« J'ai rien à faire ici. Je ne suis ni votre mari, ni votre enfant. C'est ridicule. J'ai pas besoin qu'on s'occupe de moi. D'abord, j'ai l'habitude.

– Tu as l'habitude de quoi ? De rien du tout. Moi j'ai l'habitude. Tu n'es pas le premier, tu sais...

– Justement. J'aime pas ça. J'aime pas jouer les mouflets perdus, graine de violence et tout ça... »

Leslie Turner avait mis une heure à lui faire retraverser l'appartement et regagner sa chambre. Et puis, elle avait eu une idée de génie. Lui confier la surveillance de ses propres enfants. Et l'astuce avait marché. Au bout de trois mois, Winners avait accepté successivement du travail et une chambre dans un centre de jeunes, à condition de venir régulièrement passer les soirées en famille.

Que représente Leslie Turner pour lui ? Une femme de trente ans, jolie et douce ? Une femme dont on peut tomber amoureux à dix-huit ans ? Pas vraiment. Une mère ? Pas vraiment non plus. Une amie ? Une sœur ? Une surveillante ? Un juge ? Le tout à la fois, sûrement, et sans le savoir, sûrement.

Pour Leslie Turner, de toute évidence, ce n'est qu'un adolescent de plus, récupéré grâce à beaucoup de don de soi-même. Car il est bien évident que la vie privée de cette femme ne l'est guère, privée. Et pour réussir cet apostolat, il faut un mari compréhensif, des enfants en bonne santé et une résistance à toute épreuve.

Winners semble aller bien, jusqu'au jour où Paul Robertson entre dans sa vie, par une froide soirée d'hiver. En arrivant devant la petite maison de Leslie Turner, Winners traverse le jardin et vient regarder par la fenêtre de la cuisine. Il aime bien regarder par la fenêtre de la cuisine. Le soir, il y découvre un tableau qui le réconforte. Les gosses qui mangent, Leslie qui tourne autour d'eux en discutant, en riant, et son mari qui fait la sourde oreille en lisant le journal. Winners aime ce spectacle. Il sait qu'il peut entrer là, se mettre le corps et le cœur au chaud. Il sait qu'il n'y aura que des sourires, et parfois une bonne assiette de frites avec des saucisses.

Mais ce soir-là, en regardant par la fenêtre, Winners découvre un nouveau visage. Un visage qui ressemble au sien. Même âge, même air de chien perdu, mêmes yeux affamés. Le garçon est attablé, il mange, et toute la famille lui parle.

Un pincement terrible vient au cœur de Winners. Un long moment il reste là, le visage collé à la vitre, sous la pluie, à regarder entre les gouttes cet intrus qui a pris sa place, qui occupe sa chaise, qui mange dans son assiette... Et il s'en va.

Il revient le lendemain avec le vague espoir de retrouver le champ libre. Mais l'autre est là. Et il est toujours là les jours suivants. Alors Winners ne vient plus. Il traîne. Il se fâche avec ses nouveaux patrons, il se bagarre avec un camarade de chambrée, et ne se présente plus au contrôle des libérés conditionnels.

Une fois de plus, Leslie Turner est envoyée à la rescousse. C'est un garçon pâle et amaigri qu'elle retrouve au foyer des jeunes délinquants. Renfermé, hargneux, Winners a retrouvé son ancienne révolte.

« Je peux plus voir personne, vous saviez pas ?

– Winners, écoute-moi. Tu m'as toujours écoutée, n'est-ce pas ? Qu'est-ce qui s'est passé ? Pourquoi ne viens-tu plus nous voir à la maison ?

– Vous n'avez pas besoin de moi, hein ? Vous êtes tranquille chez vous, avec vos enfants et le reste... Alors, fichez-moi la paix...

– Qu'est-ce qu'il y a, Winners ? Qu'est-ce que ça veut dire ? Tu sais bien que la maison te sera toujours ouverte...

– C'est ça... ouverte à tout le monde, à tous les paumés, comme celui qui s'est installé... Qu'est-ce qu'il a fait celui-là ? Il a tué sa mère ? Il a avalé une overdose ? On le chouchoute, hein ? C'est le fils de la maison ?

– Tu es jaloux, ma parole !
– Jaloux, moi ? J'en ai rien à foutre, vous saviez pas ? J'ai l'habitude ! Alors fichez-moi la paix... »

Leslie Turner tente un geste apaisant, mais le garçon n'est plus lui-même. Leslie n'avait pas deviné cela : cette violence, cette jalousie maladive. Elle ne savait pas que le garçon s'était attaché à elle à ce point. Comme quoi, les licences de psychologie n'apprennent pas tout...

Alors Leslie dérape un peu dans sa technique professionnelle. Elle ne sait plus très bien quelle attitude avoir. Cet amour lui fait peur. Elle comprend bien qu'il ne s'agit pas d'une simple attirance sentimentale. Elle devine bien, parce que c'est son métier, que le garçon a reporté sur elle et sur sa famille toute la tendresse qu'il n'a jamais eue. Une mère prostituée, pas de père, des pensions, des nourrices et pour finir, elle, Leslie, qui s'imagine le sauver et le lâche en pleine cure.

C'est ce qu'il croit en effet : être lâché, abandonné. Un chien à qui l'on fait l'aumône d'une caresse et que l'on renvoie dans sa niche, dès qu'un autre se présente.

Au geste d'apaisement de Leslie Turner, Winners a répondu par un gifle. Alors, déconcertée, Leslie se fâche. Puisqu'il faut bien avoir une attitude, elle adopte celle-là.

« Pauvre idiot ! Tu te fiches pas mal de savoir que d'autres ont besoin d'aide ! Mais qu'est-ce que tu croyais ? Que tu étais le seul ? L'unique ? Qu'on allait te dorloter comme ça jusqu'à l'âge de la retraite ? Tu es un homme, oui ou non ? Personne ne t'a empêché de venir nous voir. Ce garçon que tu as vu, il sort de prison. Pendant deux ans, il a « pourri » là-bas, comme tu dis. Il n'a pas eu ta chance... Il a attaqué une bijouterie et blessé un homme, à treize ans ! Il en a quinze à présent. Il a encore plus besoin d'aide que toi...
– Alors, gardez-le ! Et foutez-moi la paix ! J'ai

rien demandé, moi ! Fallait pas vous occuper de moi et me faire des grimaces. Dehors ! »

En rentrant chez elle le soir, Leslie, racontant la scène à son mari, conclut :

« J'aurais peut-être dû prévenir le juge. Il a fait un tel scandale que le directeur du foyer l'a expédié en section de redressement. J'espère qu'il s'en sortira. »

Et parce que la vie et le travail continuent... Leslie oublie. Elle est visiteuse de prisons, conseillère psychologique pour l'enfance délinquante, elle travaille dans une commission qui s'occupe du recyclage des jeunes drogués. Elle a un mari, des enfants, et la plupart du temps un « paumé » qu'elle n'a pas le courage de mettre à la porte de chez elle... Alors, elle oublie Winners, et trois semaines passent.

Le temps pour Winners de faire un plan des lieux de la maison de redressement. Le temps de bricoler une clef pour passer du dortoir à la cour, escalader le mur d'enceinte et sauter dans un train.

Winners est dans le petit jardin de la maison de Leslie. Il est tard. La cuisine est noire, mais l'on distingue une vague lueur dans le salon. Winners sait comment enjamber la fenêtre toujours entrouverte. Il sait longer le couloir, sur la pointe des pieds, comme jadis pour ne pas réveiller les enfants. Il voit les silhouettes confortablement installées devant la télévision. Leslie, son mari, et l'autre... l'intrus, celui qui a pris sa place.

Toujours à pas de loup, il retourne dans la cuisine, et prend le grand couteau qu'il a souvent vu accroché au mur, refait le couloir en sens inverse et, comme un fauve, il bondit sur le fauteuil de « l'autre ».

Dans le noir, la surprise est totale. Il a encore le temps de retourner l'arme contre Leslie, avant d'être ceinturé par le mari et assommé à coups de bouteille.

« L'autre » est mort. Il n'a pas eu de chance,

l'arme a perforé l'abdomen et la rate. Leslie n'est que blessée au ventre, elle s'en sortira. Au procès, son mari, témoin principal, accuse :

« A force de s'occuper de ces jeunes dingues, cela devait arriver. J'avais souvent prévenu ma femme. Celui-là était plus hypocrite que les autres. Je n'aurais jamais cru cela de lui. Il se donnait des airs de chien battu... »

Leslie a défendu le chien battu comme elle a pu. C'était difficile et c'était reconnaître une sorte d'échec. Et surtout, un autre chien battu de quinze ans en était mort.

Alors ? Winners est allé « pourrir » en prison comme il disait. Car on ne peut pas tous les sortir de là sans danger. Vous ne saviez pas ?

DERRIÈRE LE CHÂTEAU, IL EST UN ÉTANG VERT

Le château n'est pas très loin. Il couvre le village, d'une ombre inquiétante. C'est l'un de ces nombreux nids d'aigle autrichiens que plus personne n'habite. Les seigneurs ont péri pendant la rude guerre de 14-18. Il a un air d'épouvante. Arbres tordus, tour crénelée, portes battantes, brouillard, corbeaux, rien n'y manque. Derrière le château, il y a un étang vert. Une légère vapeur flotte autour des roseaux dressés.

C'est l'aube du 7 juillet 1925. Le corps de Julie flotte à la surface. Ses cheveux longs et noirs traînent au milieu des herbes. Son jupon blanc est couvert de vase.

Le chasseur s'est arrêté net, saisi d'épouvante. Le chien, lui, a plongé. Le nez frémissant, la tête à fleur d'eau, il tourne en rond dans l'étang glacé, laissant fuir les canards au-dessus de lui. Il rapporte. Il a saisi au hasard le jupon dans sa gueule, et revient vers son maître. Un sillage verdâtre se forme derrière lui, il lutte et s'essouffle à grands coups de pattes, perd sa prise, en cherche une autre, et peu à peu gagne la berge.

Julie Redl, enceinte de huit mois, disparue depuis une semaine, repose maintenant dans l'herbe haute.

Bientôt, tout le village défile devant la suicidée. Le chien hurle à la mort.

« Voilà, dit le chasseur. C'était il y a cinq ans, à cet endroit-là. »

Le gendarme regarde l'étang, le chien couché à ses pieds, le château lugubre, les maisons éparpillées au loin.

« Et après ?

– Il s'est mis à pleuvoir et on l'a enterrée. Le médecin a dit qu'elle s'était noyée. Son corps était intact. Il n'a trouvé que la marque des dents de mon chien sur un bras.

– Un suicide ? Pourquoi ? Parce qu'elle était enceinte ?

– C'est ce que la famille a dit. Nous, au village, on n'y a jamais cru.

– Qu'a fait la police ?

– Rien. Le médecin était sûr de lui. Julie n'a pas été tuée, ni étranglée, ni assommée, ni empoisonnée, rien. Vous êtes venu pour ça ? »

Non, le gendarme n'est pas venu pour cela. Il enquête sur l'incendie d'une ferme voisine. Son enquête est d'ailleurs terminée. Mais on lui a parlé à l'auberge de la mort de Julie. Avec des sous-entendus et des airs mystérieux. Alors il se renseigne. A présent quelque chose l'intrigue : la distance entre la maison de Julie et l'étang. Il faut traverser le village et contourner le château, c'est un bon bout de chemin, et il est curieux que la jeune femme l'ait franchi, vêtue seulement d'un jupon.

Alors il décide de consulter le dossier, pour voir. Histoire de combler les deux jours qu'il doit passer à l'auberge, en attendant le rapport définitif sur « son » incendie. Comme ça, à tout hasard. C'est ainsi que l'on passe parfois de la simple curiosité à l'épouvante la plus totale.

Compliqué et rébarbatif au départ, le dossier du suicide de Julie Redl est simple en fait, mais les autres ne le sont pas. Car il y en a d'autres, une montagne d'autres, qui concernent les familles Redl et Brever. A elles seules, ces deux familles, liées par mariages, semblent avoir occupé la gendarmerie locale et le tribunal plus que le village tout entier. Le gendarme a de la lecture :

Suicide de Julie Redl. Le premier dossier est maigre.

« 2 juillet 1925, devant nous, etc., comparaît Antoine Redl, venu nous informer de la disparition de sa sœur Julie, trente ans, fille célibataire, mère d'une petite fille de neuf ans, née de père inconnu. Actuellement enceinte. Tricoteuse à domicile. »

Question : « Qui est le père supposé de cette nouvelle grossesse ? »

Réponse : « Inconnu. Ma sœur fréquente des hommes. »

Question : « Que faisait-elle le jour où elle a disparu ? »

Réponse : « Elle allait vendre du foin. »

5 juillet 1925... Battue organisée. Dix hommes fouillent les bois et les prés environnants. La famille participe aux recherches qui s'avèrent négatives.

7 juillet 1925... Audition du témoin, le chasseur qui a découvert le corps, en compagnie de son chien.

8 juillet 1925... Rapport d'autopsie : « Mort par immersion à l'exclusion de toute autre cause extérieure ou mécanique. Aucun signe de strangulation – cartilage du larynx intact. Aucune trace de coups – visage et ventre lisses. Aucun signe de défense contre une force extérieure. Conclusion : suicide. »

« Annexes : déclaration des membres de la famille : Julie était en état de dépression. Comportement anormal depuis de nombreuses années. »

« Ci-joint : permis d'inhumer. »

C'est simple. On a retrouvé tous les vêtements de Julie dans sa chambre, intacts. Elle s'est donc rendue à l'étang, pieds nus et en jupon pour s'y noyer. Les autres dossiers sont un fatras de procès, où le gendarme, détective improvisé, a bien du mal à se retrouver.

Deux couples habitent une maison double, séparée par un jardin. A droite, Antoine Redl et sa femme Catherine. Plus une chambre séparée où vit la sœur d'Antoine, Julie, et sa petite fille.

A gauche, le beau-frère d'Antoine et sa femme, Gotfried et Juliana Brever, plus la mère de celle-ci.

Tout ce monde ne vit pas dans l'amour et la quiétude familiale, loin de là.

De son vivant, Julie sème la discorde. Son frère qui assume l'héritage familial, lui doit 200 kilos de pommes de terre par an, le revenu d'un champ et l'usufruit de la chambre qu'elle occupe. Ni les 200 kilos annuels de patates, ni le rapport du champ ne font de bons comptes ni de bons amis. Antoine et Julie se bagarrent régulièrement. Pratiquement chaque année depuis 1920. Procès sur procès. Puis Julie fait du charme à Gotfried, le beau-frère...

Selon le rapport du 11 mars 1925, Julie insulte la femme de Gotfried.

« Ton mari est un cochon ! Je porte un enfant de lui... »

Juliana se fâche, et lance des pierres à sa rivale.

Le 8 avril, Julie porte plainte. Juliana paie une amende. Le lendemain, elle porte plainte à son tour, pour adultère. Et c'est au tour de Julie de faire huit jours de prison. Elle confirme qu'elle est enceinte de Gotfried. Rentrée chez elle, nouvelle bagarre.

Son frère Antoine et sa femme Catherine lui administrent une correction sévère. Julie se défend, la bagarre dégénère... Le deux femmes se poursuivent autour de la maison, jusque dans le jardin des Brever. C'est là que la belle-mère, la vieille Johanna, s'en mêle.

Le 3 juin, Brever et Redl se retrouvent mélangés devant le tribunal. Le juge n'y comprend rien, tout le monde s'insulte, et les deux parties sont renvoyées dos à dos, amendes à égalité.

Depuis le 3 juin 1925, plus rien, jusqu'au suicide de Julie Redl, le 7 juillet 1925.

Cinq ans viennent de passer. Dans le village, on évite aussi bien les Brever que les Redl. S'ils se battent encore, ils le font en silence.

La fille de Julie a maintenant quinze ans. La belle-mère quatre-vingts...

Quand le gendarme décide d'aller leur rendre visite, on le met en garde :

« Prenez garde. C'est un nœud de vipères. »

C'est vrai. Gotfried et sa femme Juliana sont deux vipères. Antoine et sa femme Catherine en sont deux autres. Sans compter Johanna, la vieille, plus vipère que les autres, une vipère douairière en quelque sorte.

C'est elle que notre gendarme, à tout hasard, décide de chatouiller un peu. Et, oh ! surprise, elle ne siffle pas, elle parle.

La vieille Johanna a levé un museau méchant vers l'uniforme. A demi paralysée, son énorme masse coincée dans un fauteuil de bois à roulettes grinçantes, elle fixe de ses petits yeux durs le questionneur inattendu :

« Julie s'est noyée dans l'étang. Qu'est-ce que ça peut vous faire le comment et le pourquoi ? Qui êtes-vous d'abord ?

– Officier de gendarmerie Schiller, madame. »

Derrière la vieille dame, les autres, comme prêts à mordre, eux aussi. Mais prêts à mordre qui ? Le gendarme Schiller ou la vieille dame ?

On dirait bien que la maréchaussée vient troubler l'une de ces querelles de famille dont on parle au village, que les deux beaux-frères et les deux belles-sœurs étaient justement en train de s'acharner après la vieille.

Le gendarme Schiller saute sur l'occasion.

« Je voudrais vous parler, madame, mais à vous seule... »

Antoine bondit :

« Elle débloque complètement, laissez-la tranquille. C'est une vieille folle ! »

Donnant un élan à son fauteuil à roulettes, la vieille fait volte-face pour l'affronter, et l'extraordinaire se produit. Le gendarme Schiller, plus que les autres, en reste médusé : l'infirme, presque dressée sur son fauteuil, hurle :

« Assassins ! Pauvres minables, stupides assassins ! »

La bataille qui se déclenche ensuite tient de l'horreur et du ridicule en même temps. Elle durera assez pour que Schiller aille chercher du renfort et fasse boucler tout le monde dans une salle de la mairie.

Hirsute, le visage ensanglanté par les ongles de sa fille et de sa belle-fille, la vieille Johanna hurle des accusations à faire frémir d'horreur. Et il faudra plusieurs heures pour la calmer.

Mais ce n'est pas elle qui raconte. C'est Juliana qui, finalement à bout de nerfs, bribes par bribes, dénonce son mari infidèle, et toute la famille par la même occasion.

Depuis longtemps, Julie n'osait plus sortir seule de sa chambre. La haine qui l'entourait était devenue tangible, les menaces se faisaient de plus en plus précises.

Pourquoi cette haine ? Plus exactement, ce mélange de plusieurs haines ?

Juliana veut la mort de la maîtresse de son mari. Gotfried, le mari, veut la mort de celle qu'il a mise enceinte et le crie sur les toits. Antoine, le frère, veut se débarrasser d'une sœur encombrante qui lui mange une part d'héritage. Sa femme est du même avis. Quant à la vieille Johanna, elle attise le feu, chaque fois qu'il en est besoin, pour le plaisir.

Le 25 juin 1925, Julie est seule devant la porte de sa chambre, pendant une fraction de seconde. Elle vient de dire au revoir à sa fille qui part pour l'école. Sa fille est son seul soutien. Tant qu'elle est là à ses côtés, elle sait qu'elle ne risque rien.

Mais les deux hommes guettent cette seconde depuis le matin. Au moment où Julie va refermer la porte, ils sautent sur elle. Catherine éloigne l'enfant, Juliana aide à traîner sa rivale jusqu'à la grange.

La vieille entend, mais ne bouge pas, pas encore. Elle attend que la bande soit tout entière à son horrible travail pour se traîner sur son fauteuil jusque dans la cour et regarder par une petite lucarne.

Ils ont jeté Julie sur la paille. Elle est pieds nus et en jupon. Elle crie, mais quatre paires de bras la maintiennent et une couverture l'étouffe lentement.

Le frère de Julie, le beau-frère, la belle-sœur, Juliana enfin, la plus acharnée, toute sa petite famille s'emploie à la tuer sans laisser de traces.

Lorsqu'elle ne bouge plus, Julie est provisoirement jetée dans un réduit. Les assassins attendront la nuit pour la jeter dans l'étang.

La journée passe en bagarres et en menaces diverses contre la vieille femme, promise au même sort, si elle parle. Vers minuit on récupère le corps, les deux femmes le disposent dans une grande corbeille à linge que les hommes soulèvent et, horreur, voici que la tête de Julie bouge. Les yeux fermés, elle parle !

Son frère hurle et lâche le panier, tandis que Gotfried reste paralysé de peur. C'est le fantôme de Julie qui se redresse dans la corbeille à linge !

En fait la malheureuse n'est pas morte. Elle a dû passer la journée dans le coma et l'air de la nuit la ranime un peu. La peur passée, Antoine trouve la solution. Il remplit un seau d'eau et plonge la tête de sa sœur dedans. Certains de l'avoir noyée cette fois, les deux hommes la transportent à l'étang.

C'est ce qui fera croire au suicide. Julie était vraiment, indiscutablement noyée.

Voilà. Le gendarme Schiller peut être fier. Il n'a

pas perdu son temps. Quatre assassins d'un coup, et des aveux en vingt-quatre heures, c'est un beau score.

Il est assis dans le bureau du maire, le gendarme Schiller. Il a enfermé chacun des coupables dans une pièce séparée, et a téléphoné en ville, à la police, pour raconter son coup de filet. Il attend du renfort. En face de lui, dans son fauteuil de bois, la vieille l'observe méchamment, impuissante. Tout est fini ? Erreur, pourtant...

Dans sa cellule improvisée, Gotfried tambourine à la porte. Il appelle le gendarme Schiller et crie :

« Je veux parler... Je veux parler... »

Si la vieille Johanna n'avait pas tout à coup dressé la tête, l'air inquiet, Schiller n'aurait pas bougé. Mais, il l'observe, plus l'autre crie derrière la porte et plus elle donne l'impression d'avoir peur. Pourquoi ce monstre énorme vissé dans son fauteuil à roulettes aurait-il peur ? Peur maintenant que tout est clair ?

Schiller ouvre la porte, attrape Gotfried par les menottes, le traîne devant la vieille, et l'asseyant de force sur une chaise, l'attache solidement. On ne sait jamais, ces gens-là ont trop l'habitude de se sauter à la gorge au moindre prétexte.

Bonne précaution, car les regards entre la belle-mère et le gendre sont des poignards...

« Alors ? Qu'est-ce que tu voulais dire ? »

Gotfried, fixant toujours sa belle-mère, comme s'il pouvait la tuer sur place, demande :

« C'est elle qui a tout raconté, hein ? C'est elle, cette vieille carne ? »

Honnêtement, le gendarme Schiller devrait dire non. Car après son éclat, Johanna s'est renfermée comme une huître. Les aveux et les accusations viennent de sa fille... de la femme de Gotfried. Mais qui sait ? En disant oui, en entretenant la certitude et la rage de Gotfried, qui sait s'il n'apprendra pas autre chose ?

« Elle a tout dit, c'est vrai. »

Schiller attend les résultats. Quelques minutes passent, puis Gotfried y va de ses déclarations, tellement énormes que Schiller n'y croit pas ! Trop, c'est trop. Et pour un seul gendarme venu là par hasard, faire une toute petite enquête de rien du tout, sur un incendie même pas criminel...

Et pourtant il faut bien admettre que Gotfried, en voulant se venger de sa belle-mère, dit la vérité. Il faut bien l'admettre puisque la vieille hoche la tête et crache son acquiescement à chaque accusation, comme une sorcière des crapauds.

« Son premier mari, elle l'a pendu par le cou, dans le grenier pour lui voler la maison. Elle a dit qu'il s'était suicidé et tout le monde l'a cru, pas vrai ?

– Je l'ai pendu... Oui, je l'ai pendu... t'as raison.

– Elle avait un fils, et il est mort de congestion, soi-disant, en lui laissant tout l'héritage.

– Je l'ai empoisonné... empoisonné.

– C'est comme ça qu'elle a eu la première maison, la vieille ! Après, elle a épousé le voisin. Comment il est mort celui-là, hein ? A la mort-aux-rats. La dernière nuit, je l'ai aidée. Et le grand pré, le long de l'étang, ça c'était le dernier mari, le père de Juliana, mon beau-père. Celui-là aussi elle l'a pendu, dans le grenier, comme l'autre. Elle faisait croire qu'il était fou.

– Je les ai tous tués, c'est vrai ! Mais pas Julie ! Julie, c'est toi et ta femme...

– C'était le tour de qui, après ça, hein ? On la surveillait, elle a tout raconté quand elle est tombée malade des jambes. On lui avait fait une piqûre pour la calmer, et elle a tout raconté ! Tu en as tué quatre ! »

Eh bien, voilà. Le gendarme Schiller a fait son rapport. Il est venu au premier procès, on y a condamné Gotfried et Antoine aux travaux forcés à perpétuité pour le meurtre de Julie et les deux femmes ont été acquittées, Dieu sait pourquoi.

Puis il est allé à l'autre procès, où la vieille Johanna a raconté ses quatre meurtres. Toute une vie de meurtres, devant les jurés ébahis. Elle avait commencé à vingt-cinq ans. Pour le dernier, elle en avait soixante-cinq, l'âge de la retraite. Elle aussi a été condamnée aux travaux forcés. Une vieille femme dans un fauteuil roulant condamnée aux travaux forcés à perpétuité, cela peut paraître ridicule. C'est qu'il faut encore savoir que la vieille Johanna n'était paralysée que lorsqu'elle le voulait bien. Elle avait trouvé ce moyen pour observer sans qu'on se méfie d'elle, pour faire travailler les autres à sa place et, qui sait, peut-être pour préparer un autre meurtre, sans que l'on puisse la soupçonner.

Le gendarme Schiller a raconté son histoire à des criminalistes aux environs de 1936... Et c'est à lui qu'en revient la conclusion :

« Quand je suis rentré chez moi, que j'ai retrouvé ma femme, après ces deux jours incroyables, elle m'a dit : « Gustav, tu as comme un air d'épouvante « sur la figure. »

L'HOMME INCONNU DE LUI-MÊME

Monsieur l'Inspecteur Corps
Scotland Yard

Lundi 24 juin 1946

Monsieur, je pense qu'il est de mon devoir de vous informer de certains faits en rapport avec la mort de Mlle Holster à l'hôtel de Nothing Hill.

J'ai loué une chambre dans cet hôtel, samedi dernier, mais je n'étais pas avec Mlle Holster, que j'ai rencontrée pour la première fois pendant la semaine. J'ai bu un verre avec elle dans l'après-midi de vendredi. Et pendant que j'étais avec elle, elle a rencontré quelqu'un avec qui elle était obligée d'aller dormir. Les raisons que j'ai cru comprendre étaient essentiellement des questions d'argent.

Mlle Holster m'a demandé d'utiliser ma chambre jusqu'à deux heures du matin, et m'a prié de revenir ensuite. Espérant passer le restant de la nuit avec elle, je lui ai donné mes clefs en lui demandant de laisser la porte ouverte. J'ai dû rentrer vers trois heures, et je l'ai découverte dans les conditions que vous savez.

J'ai réalisé que je me trouvais dans une position épouvantable et plutôt que de prévenir la police, j'ai pris mes affaires et je suis parti. Ensuite, j'ai réfléchi au problème à plusieurs reprises. Revenir ou non ? Mais vu les circonstances j'ai eu peur de le faire.

Je peux vous donner la description de l'homme. Il est âgé approximativement de trente ans, cheveux noirs, avec une petite moustache. Taille, environ un mètre soixante-dix, mince. Son prénom est Jack, et je suppose qu'il était ami de Mlle Holster depuis longtemps.

J'ai lu l'essentiel de l'article du *Daily Telegraph* qui dit qu'on me recherche, mais pour le moment j'ai changé de nom. J'aimerais bien venir vous aider mais je connais la musique, les soupçons qui seront immanquablement dirigés contre moi si je fais cela...

Je possède l'instrument qui a servi à torturer Mlle Holster et je vous l'expédierai aujourd'hui par la poste. Vous trouverez mes empreintes dessus, mais vous en trouverez d'autres également bien entendu.

Collins Dickinson Maners

« Sandra ? Tu as lu les journaux ?

– Non, qu'est-ce qu'il y a ?

– Il y a eu un crime à Londres, dans l'hôtel où nous étions la semaine dernière.

– Quel genre de crime ?

– Oh ! un crime de sadique. La fille a été martyrisée et violée, une chose terrible. Je ne te l'avais pas dit, mais je la connais cette fille, ça s'est passé dans la chambre où nous étions le week-end dernier. Elle était avec un homme et ils ne savaient pas où aller, alors je leur ai prêté les clefs de la chambre, et je suis allé dormir ailleurs.

– Elle a été tuée quand ?

– Cette nuit-là. Je l'ai vue le lendemain, la police m'a montré le corps, un vilain spectacle.

– Tu ne m'as rien dit sur le moment, pourquoi ?

– Je ne voulais pas te faire peur. »

« Collins ? Cette histoire de meurtre, comment se fait-il que tu sois si bien au courant ?
– Je ne suis pas au courant, j'ai lu les journaux tout simplement.
– Dans les journaux, ils ne disent pas comment elle est morte... Tu m'as dit qu'on l'avait étouffée avec un oreiller ?
– C'est le policier qui me l'a dit le lendemain.
– Qui a pu faire une chose aussi affreuse ?
– Un obsédé, je suppose.
– Tu l'as rencontré ?
– Juste aperçu.
– Alors, tu vas aider la police ?
– C'est déjà fait. J'ai envoyé une lettre à l'inspecteur Corps. »

Telle fut la conversation tenue le 24 juin 1946 entre Collins Maners et Sandra Olling.

Lui, jeune officier de la R.A.F., trente ans, héros aux yeux bleus d'un charme indiscutable.

Elle, vingt ans, amoureuse depuis une semaine seulement de ce beau chevalier tombé du ciel.

Ils se sont connus à Londres. Ils ont passé leur première nuit ensemble à l'hôtel. Collins a ensuite accompagné la jeune fille dans le Sussex, chez ses parents. Il habite l'hôtel et leur rend visite comme un jeune fiancé bien élevé, à l'heure du thé. A propos de ce crime horrible dont ils ont parlé, peu de chose à dire sinon que le meurtrier est un sadique de la pire espèce, dont les médecins disent :

« S'il en est à son premier crime, il va probablement récidiver sous peu. Il vient de se découvrir, d'assouvir enfin des instincts qu'il porte en lui depuis longtemps. L'envie de recommencer survient en général quelques jours, quelques semaines après. »

Sur place, la police n'a pas trouvé beaucoup d'indices. Tout ce qu'elle sait, c'est que la jeune femme est sortie, puis rentrée le soir du crime avec un homme qui avait loué une chambre sous son véritable nom, Collins Maners. Le couple est allé danser dans une boîte de nuit, le veilleur de nuit les a vus rentrer. On a découvert le corps le lendemain à midi, mais Maners avait disparu. On le recherche, car le week-end précédent il avait également loué une chambre à l'hôtel, au nom de M. et Mme Maners, or le signalement de la première jeune femme ne correspond pas à la victime.

La lettre de Collins arrivant à Scotland Yard le mardi suivant confirme les soupçons et sa photo est diffusée dans tous les postes de police. Mais dans les postes de police seulement. En effet, Scotland Yard décide de ne pas publier sa photo dans la presse. Après avoir longuement réfléchi, l'inspecteur Corps en a décidé ainsi :

« Pour l'instant, c'est un témoin que nous recherchons. Si Maners est coupable et qu'il voie sa photo dans la presse, il va nous échapper. A nous de le coincer. Il ne faut pas l'affoler. »

« Collins, je suis inquiète...

– Pourquoi ? Il n'y a pas de raison.

– Cette histoire de meurtre tracasse mes parents. Ils ont lu les journaux... Ils pensent que tu devrais rentrer à Londres et t'expliquer avec la police.

– C'est inutile, j'ai téléphoné à l'inspecteur Corps à Scotland Yard. Ils sont sur une piste. J'ai donné la description de l'homme, elle correspond à leurs soupçons. Ils me préviendront s'ils ont besoin de moi pour l'identifier. Tu ne sais pas le plus extraordinaire ? Ce type me ressemble, à part les yeux. Il a les yeux noirs, et moi bleus.

– Heureusement ! On aurait pu croire que c'était toi le meurtrier.

– J'en ai l'air ?

– Ne plaisante pas avec ces choses-là, Collins.

– Tu ne sais pas tout. La victime... cette fille... Virginia Holster... elle te ressemble aussi.

– Tais-toi, tu me fais peur !

– Mais non, c'est amusant. L'assassin me ressemble, et toi tu ressembles à la victime, c'est comme si je t'avais tuée sans t'avoir tuée...

– Collins ! Je serais plus tranquille si tu allais voir ce policier à Londres.

– Tu m'épouseras ensuite ?

– Bien sûr, Collins !

– Alors, j'y vais. Je pars ce soir, ne pense plus à tout ça. Je te téléphonerai dans la semaine. »

Collins Dickinson Maners prend le train. Mais il ne part pas pour Londres. Il se rend à Bornemouth, il descend au Royal Hotel, sous le nom du commandant Cross, de la R.A.F. Il cherche quelqu'un.

A Bornemouth, il y a une plage immense. C'est une ville de vacances. Au mois de juin, le nombre des jeunes filles qui s'y promènent est considérable. Il suffit de bien regarder. Collins Maners, alias Cross, regarde. Et il va trouver ce qu'il cherche.

Mais ce qui va se passer maintenant pose un problème. Collins est-il fou ?

S'il est coupable du premier meurtre, sans aucun doute oui. S'il n'est pas coupable du premier meurtre, sans aucun doute non. Mais ce n'est pas forcément l'avis de tout le monde.

A l'heure où Collins se promène sur la plage de Bornemouth, cherchant quelqu'un qu'il va trouver, la police locale a reçu à son sujet une note de service classique, accompagnée d'une photographie. Il est dit dans cette note :

« On suppose que l'homme cherche à embarquer sous un faux nom pour quitter l'Angleterre. Il peut être descendu dans un hôtel également sous un faux nom, accompagné d'une femme. »

Cette dernière supposition vient des témoignages recueillis dans l'hôtel où a été assassinée Virginia

Holster. On l'y a vu la semaine précédant le crime, avec une autre femme.

Donc on cherche un couple. Première erreur.

Ensuite, on cherche ce couple dans les petits hôtels proches du port d'où il serait facile de s'embarquer. Deuxième erreur. Collins se promène sur la plage. Il est descendu dans un hôtel chic, et seul.

Vingt-quatre heures après son arrivée, il rencontre la jeune fille qu'il cherche. Il l'invite à prendre le thé, et lui raconte sa vie, vue par lui : 1936, engagement dans la R.A.F., démobilisation en 1946, après de multiples missions aériennes, des médailles comme s'il en pleuvait, et le statut de héros.

Vue par l'armée : cour martiale en 1937 pour une fugue de cinq mois, plus de galons. 1938, condamnation pour chèque sans provision et attaque en uniforme d'une bijouterie. Prison.

1939 : On le sort de prison. La R.A.F. a besoin de tous ses pilotes, Collins est un remarquable pilote.

1941 : Re-cour martiale pour utilisation de l'identité d'un autre officier et usage de fausses décorations.

1942 : Engagement dans l'armée de l'air sud-américaine sous le nom d'Amstrong.

1944 : Son avion tombe en Allemagne. Fait prisonnier, rendu à la Royal Air Force. Re-cour martiale.

1946 : Démobilisation. Ne rend pas son uniforme, on le recherche depuis.

La jeune Doreen Marshall, ignorant ce côté des choses, se laisse facilement inviter à dîner pour le soir même. Collins l'invite à son hôtel. Vers vingt et une heures trente, le maître d'hôtel les verra sortir tous les deux. Le galant héros raccompagne la charmante jeune fille. Personne ne la reverra plus vivante.

Le lendemain dans la soirée, la disparition de la

jeune fille est signalée par le dirceteur de l'hôtel où elle était descendue.

On sait qu'elle a dîné en compagnie du capitaine Cross (*alias* Collins). Le capitaine Cross déclare ignorer ce qu'est devenue la jeune fille, il l'a tout simplement raccompagnée, dit-il. Toutefois, il téléphone à la police locale :

« Capitaine Cross à l'appareil. Vous recherchez une jeune fille, paraît-il ? Ecoutez, je la connais à peine, mais si vous me donniez une photo, je pourrais peut-être vous aider. Puis-je venir vous voir ? »

La police ne possède pas encore de photo de la jeune Doreen. Sa disparition est trop récente.

« Téléphonez-moi plus tard... pour l'instant il n'y a rien de grave.

– Mais on l'a peut-être tuée !

– Nous n'en sommes pas là, monsieur Cross... On vous tiendra au courant. »

Le lendemain, le faux capitaine Cross retéléphone à la police. On ne peut pas dire qu'il ne fait pas tout ce qu'il faut pour se faire connaître.

« J'ai appelé hier. Est-ce qu'il y a du neuf ? Je peux venir ?

– Rien, monsieur, on vous tiendra au courant... »

Et on raccroche un peu sèchement.

Deux jours plus tard, le corps de la jeune Doreen est découvert sous un massif de fleurs, atrocement mutilé et violé.

En apprenant la nouvelle, le capitaine Cross se précipite à la police :

« Puis-je vous être utile ? J'ai dîné avec la jeune fille, le soir de sa disparition... »

Et enfin on l'arrête. On l'arrête parce qu'on le reconnaît. Parce que l'avis de recherche pour le premier meurtre est placardé sous le nez des policiers.

D'ailleurs, le capitaine Cross ne fait aucune difficulté pour reconnaître qu'il est Collins Dickinson Maners, et même :

« J'ai écrit à Scotland Yard que je changerai de nom... »

Tout le reste est facile.

Dans sa valise un instrument tranchant taché de sang, qui a servi à mutiler la jeune femme. Dans sa poche, une perle, qui appartient au collier brisé trouvé sur le cadavre, un mouchoir plein de sang et de cheveux collés.

Collins est inculpé de double meurtre, mais selon la loi anglaise, il ne sera jugé que pour un seul. Le premier.

Petit détail, les deux victimes ressemblaient étrangement à sa fiancée. Même taille, mêmes cheveux, même genre... comme si Collins avait voulu la tuer par personne interposée.

Problème : Collins est-il fou ? Il s'est conduit comme tel en tout cas. Un assassin lucide, ayant un mobile logique, n'aurait certainement pas agi comme lui.

Or, tout au long du procès la question va rester en suspens. Examens, tests, interrogatoires se sont succédé, sans qu'à aucun moment cet homme trahisse une quelconque nervosité, une faille mentale ou psychologique si minime soit-elle.

Il est impossible aux médecins qui l'examinent de déterminer de quelle sorte de folie il s'agit. Et c'est beaucoup plus ennuyeux qu'on ne le pense. Car s'il n'est pas fou, quel est le mobile ? Un homme normal ne peut tuer qu'avec un mobile.

La nature des deux crimes, leurs aspects sadiques, les mutilations infligées aux deux jeunes femmes ne devraient pourtant laisser aucun doute. (Sans entrer dans les détails, ils sont suffisamment affreux à imaginer.) Et pourtant il y a doute. Collins est d'un calme redoutable. Il maintient fermement ses déclarations précédentes.

Pour le premier meurtre, il a vu le corps et il a préféré disparaître, sachant qu'on l'accuserait. Mais il a rempli son devoir en écrivant ce qu'il savait à

Scotland Yard. S'il n'a pas envoyé l'instrument dont il parlait dans sa lettre, c'est qu'il n'en a pas eu le temps, mais il s'apprêtait à le faire.

Pour le deuxième meurtre, on aimerait connaître sa version. Malheureusement son avocat l'en empêche. Il n'est jugé, c'est la loi, que pour le premier. Cela ne l'empêche pas de préciser :

« Je vous ferai remarquer que je suis venu de moi-même à la police pour proposer de l'aide... personne ne m'y a obligé. Si j'avais tué Doreen, je ne l'aurais certainement pas fait ! »

Alors, fou ou pas ?

Un psychiatre avance une théorie. Collins, en toute bonne foi, peut ne pas se souvenir des meurtres. Dédoublement de la personnalité donc. Il reconnaît toutefois que l'inculpé ne révèle aucun signe évident de schizophrénie. S'il y a deux Collins, totalement différents et inconnus l'un de l'autre : Collins numéro un, le sadique, et Collins numéro deux, l'inculpé, le psychiatre, lui, ne connaît que le numéro deux.

Dans son box, l'accusé hausse les épaules :

« Là n'est pas le problème. Si j'ai bien compris, en ce moment vous jugez un homme normal. Moi ! Alors, prouvez-moi que je suis coupable... puisque je ne suis pas fou ! »

On le lui prouve : tache de sang sur l'intrument en sa possession, du même groupe que celui de la première victime, cheveux, témoignages, etc. La cause est entendue. Le jury le déclare coupable et sain d'esprit.

Et Collins remercie. Il apprendra avec étonnement un autre détail sur lui-même. En février 1946, quatre mois avant le meurtre, dans un hôtel de Londres, on l'a surpris une nuit, alors qu'il tentait d'étrangler une femme. A l'époque, la femme avait refusé de porter plainte, surtout pour des raisons personnelles, trop contente de s'en tirer à si bon compte.

Le jour du procès, elle est là. Elle témoigne. Collins ne la reconnaît pas.

« Elle se trompe ! Je ne fréquente pas les prostituées !

– Vous m'avez abordée dans la rue, mais je ne suis pas une prostituée !

– Alors, vous êtes une femme facile. Je n'aime pas ça non plus, donc ça ne peut pas être moi ! »

Le 26 octobre 1946, on a pendu Collins à la prison de Pentonville.

Avant cela, le ministère public avait demandé une nouvelle expertise psychiatrique. Pour être sûr.

Si Collins avait été déclaré fou cette fois-là, il aurait obtenu sa grâce. Les nouveaux experts ont confirmé : « Sain d'esprit. » Alors on l'a pendu. Comme tous les condamnés il a eu droit à son dernier vœu ce matin-là, avant de grimper sur la petite trappe. Il a demandé un whisky, on le lui a apporté. Il l'a regardé et a ajouté :

« Vu les circonstances, donnez-m'en un double ! »

On ose à peine dire : un pour Collins numéro un, un pour Collins numéro deux, au moment, peut-être, où ils allaient faire enfin connaissance.

LA CELLULE DES AGITÉS

L'HISTOIRE que voici fait partie de celles qui n'ont aucune raison d'arriver. Aucune raison, si chacun des acteurs de ce drame avait simplement fait ce qu'il convenait de faire.

Il y a de tout dans ces quelques pages : la stupidité, le conformisme, l'incompréhension, la lâcheté, le crime et l'horreur. Il y a de tout sur ces visages : des airs indifférents, des airs fautifs de bon aloi, des airs de brutes, des airs de victimes et surtout un document gênant, qu'il serait difficile de décrire. C'est le symbole du sordide. Et l'on voudrait croire que cela n'existe pas, que cela n'existe plus nulle part. On voudrait croire, par exemple, que c'est la représentation d'un autre âge. Une de ces images des livres d'histoire qui représentaient les tortures de l'Inquisition.

Les nuits de décembre, en cet endroit de France, sont glaciales, moins 25°. La petite ville engourdie par ce froid sibérien a fermé tôt les boutiques et les volets. Seule dans son appartement, Julia tourne en rond. Son mari vient de claquer la porte en disant :

« Cette fois-ci, je ne reviendrai plus. Tu as dépassé les bornes. J'en ai marre de toi et de tes scènes... Si tu veux mourir alcoolique, ça te regarde. Moi, je m'en vais... »

Julia sait bien qu'elle a dépassé les bornes. Et les voisins le savent aussi, beaucoup mieux qu'elle d'ailleurs.

Que s'est-il donc passé hier ? Elle a bu. Elle est sortie pour boire. Depuis longtemps son mari a vidé les placards de tout ce qui peut se boire. Depuis longtemps, il a prévenu l'épicier, le café du coin, le marchand de vin, interdisant que l'on vende ou que l'on serve de l'alcool à sa femme. Trois fois, ils ont changé d'appartement et de quartier. A chaque fois Julia avait promis :

« Je ne boirai plus. Je le jure... »

Cette fois-ci, elle avait presque tenu parole. Trois mois sans boire. Pour pouvoir récupérer sa fille que la famille avait jugé bon d'éloigner. Trois mois de lutte contre elle-même. Trois mois de lucidité et de honte. Trois mois passés dans une sorte de vide désespéré, à se répéter : « Je suis une loque, j'ai tout gâché, je vais tout perdre, ma fille, mon mari. » Trois mois d'angoisse du matin au soir, avec des crises terribles : « Un verre de quelque chose... n'importe quoi, un seul pour me donner du courage... »

Le courage de quoi ? A trente-sept ans, Julia ne sait pas encore quelle sorte de courage il faut qu'elle ait. Le courage de supporter une vie médiocre ? A vingt ans, elle ne se posait pas la question; elle était serveuse dans un petit bistrot de la Côte d'Azur. Les gens étaient gais, il y avait du soleil, elle était jolie. Trop jolie pour être serveuse !

De plaisanteries en petits apéritifs, un beau matin elle s'était retrouvée avec dans les bras un paquet de langes qu'il avait fallu déclarer toute seule à la mairie.

Et la course folle avait commencé. La nourrice, une voisine complaisante, garde l'enfant de onze heures du matin à minuit. A minuit, le service du restaurant terminé, Julia s'acharne dans sa chambre à la lessive et au ménage. Après une courte nuit, c'est le bébé : deux heures quotidiennes, courtes et déconcertantes, avec cette petite chose gigotante. A peine le temps de comprendre pourquoi ça pleure, d'enfourner un biberon toujours trop chaud, ou trop tiède, sous l'œil ironique de la voisine. A peine le temps de s'attendrir, ou de s'affoler... c'est déjà fini. Le cercle infernal recommence.

Pendant des mois, tous les matins, Julia a regardé partir son bébé à l'étage du dessous moyennant finances, presque la moitié de son salaire, l'autre moitié allant au loyer. Des dimanches entiers de lessives, c'était ça la vie de Julia.

A cette époque, un petit verre de temps en temps avec les clients sympathiques lui redonnait du courage. Et il n'y avait pas de mal à ça. On ne devient pas alcoolique pour si peu. D'ailleurs on n'est pas ivre, on est gai...

Pendant ce temps, le bébé se met à marcher, bientôt, il ira à l'école, la vie sera plus facile...

Julia tourne en rond dans l'appartement désert, ce 29 décembre... Elle est loin de la Côte d'Azur, et de ses vingt ans. Il y a trois pièces ici, c'est grand mais vide. Personne dans la chambre de l'enfant, ni dans celle du mari.

Il fait froid dans le Nord, plus froid encore parce que Noël est passé, que l'année se termine et qu'une fois encore Julia a tout gâché.

Le jour où elle a rencontré Jean, il le lui avait dit.

Cet homme de quarante ans, solide, travailleur, sérieux jusqu'à l'ennui, voyait la vie comme une maison bien rangée, avec de l'ordre partout, et des principes, alignés comme sur des étagères.

Le premier principe, c'était le mariage. Un homme comme lui, rencontrant une femme comme elle, devait se sentir démangé par l'envie de remettre les choses en place.

A Julia, il fallait un mari, à sa fille il fallait un père. Julia ne devait plus travailler dans un bar, elle ne devait plus boire et danser avec n'importe qui. Lui, Jean, allait arranger tout cela. Il était bon, courageux, raisonnable, avec l'auréole du sauveteur. Ou celle du redresseur de torts.

Et la guerre lente avait commencé : « Je te sauve, tu me dois tout... tu es belle mais je suis généreux... tu es inconséquente mais je pense à ta place. »

Il avait toujours raison d'ailleurs. Il disait :

« Ma femme ne supporte pas l'alcool. Je la surveille, un verre de trop et elle fait n'importe quoi... »

Puis, comme cela ne suffisait pas, il s'était mis à surveiller les comptes, à faire lui-même le marché, à interdire le vin et les apéritifs. Pour qu'elle ne soit pas tentée, on ne sortait pas, on ne recevait pas. Et Julia avait beau dire : « Je suis assez grande pour savoir ce que je veux », il ne cédait pas. Au point que, certains soirs, l'envie de boire n'importe quoi devenait une véritable obsession pour elle. Il ne lui resta bientôt plus que le mensonge. Dix minutes pour faire une course, le temps de deux verres d'alcool à la brasserie voisine. Et puis on cache les bouteilles, pour boire tranquille à la maison, dès que le mari a le dos tourné. Chaque fois qu'il s'en apercevait, Jean le sermonneur devenait coléreux et méchant :

« Pourquoi bois-tu ? Tu n'es pas heureuse ici avec moi ? Tout ça ne te suffit pas ? » (Un alcoolique n'a jamais su répondre à une question pareille.) « Rien n'est plus horrible qu'une femme soûle ! Tu me fais honte. Tu fais honte à ta fille. Tout le monde se moque de toi ! » (Mais plus on méprise un alcoolique, et plus il boit.)

Malgré toute sa bonne volonté, Jean n'employait pas la bonne thérapeutique. Rien n'est plus difficile que de vouloir sauver quelqu'un qui veut se noyer.

De petit scandale en petit scandale, Julia était devenue la honte de la famille et son mari, une victime. Une victime à qui il ne restait plus – du moins le croyait-il – qu'un seul moyen de lutter : le chantage.

« Si tu ne changes pas, je te quitte... »

Et comme cela ne suffisait pas :

« Ta fille partira avec moi ! »

C'était il y a trois mois. Au bout de dix ans de lutte sourde, épuisante et inefficace, c'était le point de non-retour. Après une scène plus violente que les autres, Julia avait arraché des mains de son mari un flacon d'eau-de-vie qu'il venait de découvrir dans la salle de bain. Elle s'était mise à boire furieusement, en insultant la terre entière, cassant tout, terrorisant l'enfant, le tout au nez et à la barbe des voisins.

Ce soir-là, tout le quartier avait décidé que Julia était folle. Une folle hystérique et dangereuse.

Julia aussi avait eu peur le lendemain. Peur, parce qu'elle ne se souvenait de rien, parce que la chambre de sa fille était vide, et qu'elle se sentait vraiment malade. Malade d'où, de quoi, elle n'en savait rien, mais cette grande peur avait duré trois mois dans une sobriété totale, acharnée, désespérée.

Véritablement droguée, sevrée trop brutalement, elle avait tenu bon toute seule ou presque, à grands coups d'aspirine, de tabac, de somnifères et de crises de larmes. Elle avait tenu bon jusqu'à Noël.

Mais à Noël, tout le quartier avait pu dire :

« C'était sûr qu'elle ne tiendrait pas le coup. Ces gens-là recommencent toujours ! Son mari devrait la faire enfermer, elle est folle ! Cette nuit, elle s'est promenée dans la rue en chemise de nuit, complètement ivre ! Elle hurlait tellement qu'on a failli appeler la police. »

Voilà où en sont les choses. Et le lendemain matin au réveil, Julia s'est fait peur en se regardant dans la glace. Cinquante ans ! Elle avait l'air d'avoir cinquante ans. Les yeux fripés, le teint grisâtre, les cheveux ternes et emmêlés, une vraie loque.

Alors, elle a cru pouvoir tout rattraper en faisant le ménage avec l'énergie du désespoir et en allant chez le coiffeur. Le soir, elle a retrouvé la maison presque vidée. Plus de meubles, plus de vaisselle. Rien qu'un lit, une table et deux chaises. Dans la penderie, ses affaires à elle, et un grand désert de portemanteaux vides. Vide la chambre de l'enfant, vide le salon, la salle à manger, vide... vide... vide... aussi vide que la ville entière un lendemain de fête.

Personne ne sait vraiment ce que fait Julia entre le 25 et le 30 décembre 1953. L'enquête ne commencera qu'au premier jour de l'année suivante, dans l'horreur totale, hélas !

Et là encore, on s'occupera surtout de l'horreur et beaucoup moins de Julia elle-même.

Tout ce que l'on sait tient en peu de chose. Elle n'est pas sortie de chez elle, donc elle n'a ni mangé ni bu pendant cinq jours. C'est le 30 décembre qu'elle réapparaît. Apparemment normale, elle fait de l'auto-stop pour aller en ville.

L'horreur est déjà là, qui guette. Une horreur imprévisible ? Peut-être pas.

Julia, trente-sept ans, alcoolique désespérée, entre seule dans un scandale qui ne la concerne même plus, qui va la dépasser totalement, même si elle doit en mourir.

Un chauffeur de camion s'arrête et accepte d'emmener Julia au cœur de la ville.

Elle ne parle pas ou presque pendant le trajet, elle n'a l'air ni préoccupée, ni malade, ni surexcitée. Il faudrait la connaître intimement pour estimer ce calme anormal. Le chauffeur du camion, quant à lui, n'a aucune raison de se douter qu'il transporte une passagère en pleine crise de dépression nerveuse. Il la trouve renfermée, sans plus.

Julia remercie le camionneur et descend sur la place principale. Quelque temps plus tard, elle entre dans un café, et demande un verre d'alcool blanc.

Elle le boit debout au bar, assez rapidement, puis en commande un second.

Cela étonne à peine, et le patron du bar se contente de penser qu'il fait bien froid, et que ça réchauffe. C'est en servant Julia pour la troisième fois, qu'il fait attention à elle. D'autant plus qu'elle a réclamé une double ration.

On remarque forcément une femme qui boit sec, seule à un bar, qui ne parle à personne et n'a l'air d'attendre personne.

Julia reste là une bonne heure. Avant son départ, elle commandera encore une consommation, mais un bouillon de viande cette fois, qu'elle touchera à peine. Elle paie et sort.

Beaucoup plus tard dans l'après-midi, un autre café l'accueille. Peut-être en a-t-elle visité d'autres entre-temps, c'est même certain, mais aucun témoignage ne le confirmera.

Il est environ dix-sept heures. Julia s'assoit à une table et demande très fort : « Une limonade ! »

On la sert, elle boit, et tout à coup c'est la crise. Pour les clients du bar, c'est une véritable furie qui se déchaîne. Julia se met à crier des mots sans suite et à gesticuler sur sa chaise. Elle entame un monologue incompréhensible, s'en prend à tout le monde et hurle quand le patron du bar essaie de la calmer. Les clients s'en mêlent, deux d'entre eux l'obligent à s'asseoir, elle résiste, se bat, renverse tout. On la met dehors, elle revient comme une folle en se cognant dans les glaces et en ameutant les passants.

A bout de ressources, le propriétaire du café appelle Police-Secours. Quelques minutes plus tard, dûment encadrée, hurlant de plus belle, Julia est poussée à l'intérieur d'une ambulance qui fonce à l'hôpital le plus proche, et trois policiers la traînent de force à l'entrée des urgences.

L'hôpital est silencieux. Julia est la seule « urgence » de cette journée du 30 décembre. Deux infirmiers la maîtrisent avec difficulté. Les formalités d'admission sont vite remplies par les policiers.

« C'est une folle. Elle a dû s'échapper d'un hôpital psychiatrique. Elle faisait du scandale dans un bar, la patron nous a demandé d'intervenir. Voilà son sac et ses papiers. Attention ! elle est dangereuse... »

On peut penser effectivement que Julia est dangereuse. Elle s'est tellement débattue que ses vêtements sont en loques; elle a perdu ses chaussures et son visage est griffé. Impossible de lui passer la fameuse camisole : chaque fois que les infirmiers la croient calmée, elle leur échappe en hurlant. Ils ont l'habitude. Elle a beau pleurer, supplier, dire qu'elle n'est pas folle, qu'elle veut partir, on réussit à la traîner comme un sac, par les jambes et les bras, jusqu'à la section des agités.

Et là, tout va très vite.

C'est une cellule entièrement vide, aux murs lisses et sales. Une seule porte de bois, avec un judas protégé par un grillage. Dans le coin, une sorte de bat-flanc sur lequel est posé un matelas douteux... Fixées par des anneaux (deux sur le mur, deux autres sur le bas-côté du lit), des sangles de cuir rembourré.

On force Julia à s'allonger sur le matelas. Ils sont quatre infirmiers à la maintenir, bras et jambes tendus. Un cinquième ajuste les sangles à chaque poignet et à chaque cheville. Une fois solidement attachée, la jeune femme ne hurlera plus longtemps, elle se fatiguera.

L'infirmière-chef, venue inspecter la malade, ne pousse pas plus loin les soins. On ne ferme pas la porte à clef. Inutile, puisque Julia est attachée et seule dans la cellule. Cela facilitera la surveillance de nuit.

Deux heures plus tard, la jeune femme semble calmée. Elle gémit à peine et l'infirmière-chef conclut :

« Probablement une ivrognesse. On la fera examiner demain quand elle aura fini de cuver son vin... Inutile de prévenir le médecin. »

Et personne ne s'occupe plus de Julia enchaînée sur son lit. Si l'on peut appeler ça un lit...

Le lendemain 31 décembre, à cinq heures du matin, une surveillante fait sa ronde dans le pavillon des agités. Par le judas, elle aperçoit Julia immobile sur son lit. La surveillante pousse la porte, se penche sur le corps ligoté : Julia ne bouge pas, son visage est curieusement crispé. Elle est morte.

A présent on peut la détacher, réparer le désordre de ses vêtements, laver ses écorchures, et prévenir l'infirmière-chef, dont le diagnostic est rapide :

« Congestion pulmonaire, certainement. C'est l'alcool et le froid. »

Le médecin-chef enfin prévenu n'est pas de cet avis, et il refuse tout net le permis d'inhumer, en réclamant une autopsie.

Pourquoi une autopsie ? Julia est morte dans un hôpital. Elle y a été emmenée vivante par la police, elle n'était pas malade. Qu'en pense la police ? Eh bien, la police pense que Julia était ivre, ou folle.

Le propriétaire du café où elle faisait du scandale le pense aussi. Pourtant elle n'a bu qu'une limonade chez lui. Par contre elle a bu ailleurs. Mais l'analyse sanguine ne révèle que 0,22 gramme d'alcool. C'est insuffisant pour conclure à une ivresse mortelle.

Quant à la démence pure et simple, une rapide enquête confirme qu'elle est impossible.

Arrivé trop tard, le mari effondré raconte. D'après lui, c'est une dépression nerveuse, provoquée par leur rupture et par le manque d'alcool.

Meurt-on d'une dépression nerveuse ? Rarement, à moins de se suicider. D'autre part, Julia n'utilisait aucun médicament, n'était suivie par aucun médecin (c'était bien dommage) et, de l'avis de son entourage, jouissait d'une santé normale (son goût pour l'alcool mis à part).

Alors, pourquoi une autopsie, demande le parquet ? Parce que le médecin-chef a remarqué des traces de griffures sur la gorge de Julia. Bien que les infirmiers affirment que la jeune femme en se débattant a très bien pu se griffer elle-même.

L'autopsie est faite. Première chose étrange, elle révèle une fracture du crâne. Là encore, on pourrait admettre à la rigueur que la jeune femme a subi un choc grave au moment de son admission à l'hôpital. Mais pour mourir d'une fracture du crâne il faut qu'il y ait eu hémorragie, en général dans le quart d'heure qui suit le choc. Or l'infirmière-chef affirme que deux heures après son admission, Julia ne saignait pas.

Donc, c'est à l'intérieur de sa cellule qu'elle aurait subi un choc. Et, disons-le franchement, ainsi que le pense la police, c'est attachée sur un matelas, à moitié inconsciente, que Julia aurait été assommée.

Cette hypothèse, à peine formulée à voix basse par les enquêteurs, fait murmurer la ville, et les murmures s'amplifient au point de devenir scandale.

La foule anonyme accuse. Les choses que l'on taisait jusqu'alors, les négligences, graves parfois, reviennent à la surface. Seulement, de l'avis des médecins et des policiers, Julia n'est pas morte des suites d'une négligence ou même d'une fracture du crâne. Elle a certainement été étranglée doucement. C'est un crime, d'autant plus sordide et affreux, que cette femme était incapable de se défendre. On l'a enfermée chez les agités et attachée sans se préoccuper de savoir si elle était folle ou non, sans faire venir de médecin pour l'examiner et elle en est morte. Et si quelqu'un a tué, tout le monde finalement en est responsable.

C'est dans une atmosphère de méfiance que, pendant une semaine, les cinq policiers chargés de l'enquête vont s'installer à demeure dans l'hôpital. Ils se mêlent au personnel et aux malades. Ce n'est pas une enquête habituelle. Chacun sait que l'assassin est là, au milieu d'eux. Tout le monde s'épie, on se croise avec gêne.

Quant à l'assassin, quel qu'il soit, il ne peut plus s'échapper. Sa fuite le désignerait. Car le crime est sans mobile apparent, on sait simplement qu'il est l'œuvre d'un obsédé sexuel, mais n'importe qui a pu pénétrer dans la cellule dont la porte n'était pas fermée.

C'est une malade interrogée par le commissaire Lacombe qui va donner la première indication :

« J'ai vu un infirmier qui regardait par le judas, vers dix heures du soir... »

L'infirmier ne nie pas avoir regardé par le judas ! Il passait par là et en a profité pour jeter un coup d'œil et vérifier si tout était normal.

Cet homme est marié, jeune. L'air détaché, il n'a pas les traits d'un assassin et encore moins ceux d'un obsédé.

Pourtant la malade insiste et renforce son témoignage d'un détail important :

« Quelques minutes après que je l'ai vu regarder par le judas, la lumière du couloir s'est éteinte. D'habitude, elle reste allumée toute la nuit. »

Pour être sûr de ce détail, on interroge l'infirmière de nuit, chargée de faire des rondes toutes les deux heures. Malheureusement, l'infirmière de nuit n'a pas fait de ronde. Personne n'a surveillé depuis l'admission de Julia. C'est donc sans conviction que le commissaire entreprend l'interrogatoire de l'infirmier.

Il a tort, car deux heures après, alors que rien de formel n'accuse cet homme, à part un témoignage fragile, il avoue. Cet homme de trente ans, jeune marié, avoue en effet brutalement l'acte le plus odieux qui soit.

Julia était belle, même attachée sur un lit de fou, il n'a pas résisté et il l'a étranglée pour qu'elle ne crie pas. Comme elle se débattait, il l'a assommée. C'est l'horreur.

La cour d'assises, un an plus tard, aura du mal à faire la part des responsabilités administratives et personnelles. Quant à l'accusé, il sauvera sa tête grâce à la défense de maître Henri Torrès, dont un journaliste reconnaîtra le talent, en regrettant qu'il soit mis au service d'une cause semblable.

Mais le talent d'un avocat ne suffit pas toujours, et le journaliste admet aussi que le témoignage de l'épouse de l'accusé fut d'un grand poids dans la balance. Cette femme eut le courage de dire, même si c'était faux :

« Nous avions deux tempéraments différents, et je lui ai souvent refusé ce qu'un mari est en droit d'attendre... »

Le mari de Julia, lui, n'avait rien à dire. Il ne savait même pas ce qu'il avait refusé à Julia, ni ce qu'elle était en droit d'attendre.

LA FEMME DE PAILLE

IMAGINEZ que vous êtes bloqué dans un embouteillage. Sur la file de gauche, à hauteur de votre portière, il y a un couple, enfermé dans unc autre voiture. Un couple qui parle. Vous n'entendez pas ce qu'ils disent, mais vous pouvez peut-être le supposer.

Selon l'âge de l'homme et de la femme, selon leurs visages, leur attitude, vous savez s'ils discutent de leurs impôts, des enfants, de la facture du gaz, ou des gens qu'ils vont voir. Ils se disputent, ou parlent calmement. Selon le cas. Qui ils sont, ce qu'ils vont faire, où ils vont, c'est vous qui l'imaginez, le temps d'un bouchon, pour l'oublier dès que les voitures repartent. Et, en général, ce que vous imaginez est aussi banal que la réalité. Mais la réalité s'échappe parfois du banal...

Tout s'est passé à l'intérieur d'une voiture, sur la route Paris-Deauville. A une époque, malheureusement, où il n'y avait pas tellement de bouchons. A une époque où il était presque possible de faire la route d'une seule traite, sans s'arrêter, à condition d'avoir une grosse voiture et assez d'essence. Ce qui fait que personne n'a pu imaginer ce qui se passait à l'intérieur de cette automobile luxueuse.

Ce qui fait que la femme n'a pas pu ouvrir la

portière dans un embouteillage et se sauver – avant la fin. Juste avant la fin, après des kilomètres de cauchemar.

Selon les uns, c'est un accident de la route. Selon elle, c'est une expérience épouvantable.

Quelque part sur la route entre Paris et la mer, un jour de printemps. Un printemps d'après-guerre : Pâques 1946.

Corrine de N. fait de l'auto-stop. Le printemps est assez pluvieux, le vent frisquet. Une charmante jeune femme faisant de l'auto-stop dans ces conditions est assurée de ne pas rester longtemps au bord de la route.

Une belle voiture noire s'arrête. A l'intérieur, le conducteur ne bouge pas. Il n'ouvre pas la portière, il n'invite pas la dame à monter. Il s'arrête seulement à deux mètres d'elle et attend.

Corrine de N. avance à petits pas pressés et penche sa jolie tête derrière la vitre.

« Monsieur ? »

Pas de réponse.

« S'il vous plaît, monsieur ? »

L'homme, enfin, daigne baisser la vitre et la regarder. Cinquante ans environ, le cheveu gris, mais soigné. Ni beau ni laid, l'air d'un homme aisé. On voit cela tout de suite quand on s'appelle Corrine de N. Un coup d'œil suffit. Pardessus beige, cravate, manchettes impeccables. Un homme d'affaires sans aucun doute, qui va rejoindre sa petite famille en vacances à Trouville.

« Monsieur ! Comme c'est gentil de vous arrêter... Vous pourriez m'emmener jusqu'au prochain garage ? Ma voiture est en panne, à quelques kilomètres dans la campagne, c'est affreux, il y a une heure que j'attends de l'aide... »

Si Corrine de N. n'était pas si préoccupée de sa propre histoire, elle ferait peut-être plus attention...

Aussi distingué soit-il, le visage de l'inconnu est un peu inquiétant. Il ne semble pas écouter ce qu'on lui dit. Les yeux qui examinent la jeune femme regardent autre chose... Mais tout ce à quoi pense Corrine, c'est monter dans une voiture. Et celle-ci est une aubaine !

« Vous permettez, monsieur ?

– Montez ! »

Il n'a même pas souri. Il a dit « Montez ! » comme si c'était un ordre, à la cantonade. Un peu surprise quand même, la jeune femme hésite.

« Allez, montez ! Qu'est-ce que vous attendez ? »

Il fait froid. Il n'y a guère de voiture à l'horizon, à part quelques camions peu intéressants... « Oh ! et puis après tout, se dit Corrine, on verra bien. » Elle fait le tour, ouvre la portière du passager et s'installe.

L'homme n'a pas fait un geste pour l'aider. C'est curieux : il a l'air riche, bien élevé et il a l'accent suisse... Normalement, un Suisse ouvre la portière à une jolie femme !

« Je vous remercie, vous êtes très aimable, monsieur... Monsieur ?... »

Pas de réponse. L'homme démarre sans même tourner la tête. Il n'a pas l'intention de se présenter apparemment...

« Je m'appelle Corrine de N., j'allais à Deauville rejoindre des amis et ma voiture est tombée en panne hier soir. J'ai dû coucher dans un hôtel épouvantable... et vous, qui êtes-vous ?

– Ça ne vous regarde pas ! »

Corrine a sursauté tant la réponse l'a surprise, comme une gifle en pleine figure. Inquiète tout à coup, elle observe son « aimable » chauffeur. Visage fermé, bouche dure et crispée, il conduit sa voiture comme un automate. Un automate qui voudrait gagner une course. Les arbres se mettent tout à coup à défiler à une vitesse folle.

« Ecoutez, monsieur... Je ne voudrais pas vous ennuyer... Déposez-moi, je trouverai quelqu'un d'autre... Tenez, il y a une maison là-bas, arrêtez-vous, je me débrouillerai...

– Qui êtes-vous ?

– Je m'appelle Corrine. Corrine de N.

– Qu'est-ce que vous faites dans la vie ?

– Eh bien... Oh ! rien d'intéressant... Je vis avec ma mère. »

Corrine allait entonner son petit couplet habituel. La jeune fille méritante qui a une maman bien malade, etc. Mais pour la première fois, la petite histoire s'arrête dans sa gorge. Ce n'est pas le moment d'entamer ce genre d'exercice. L'atmosphère est angoissante, et cet homme a l'air dangereux.

Autant le préciser tout de suite, elle ne s'appelle ni Corrine, ni de N. C'est Claudine Leduc, tout bêtement. Sa spécialité, c'est la petite vertu style mondain. Son truc habituel, le coup de la panne, à la sortie de Paris en direction de la mer. Quand ça marche, c'est le week-end à Deauville, plus quelques broutilles, une robe, un petit cadeau, un peu d'argent de poche. Quand ça ne marche pas, elle en est quitte pour chercher quelqu'un d'autre. En général, une heure ou deux après. Au pire (et c'est arrivé souvent), c'est le trajet avec un camionneur complaisant.

Claudine Leduc n'a que vingt-cinq ans, mais elle en a vu d'autres. En principe, dans son métier, on n'a pas peur de grand-chose. Mais là ! Ce type est vraiment bizarre.

« Dites, monsieur, ça vous ennuierait de me déposer au prochaine village ? Je ne me sens pas très bien... J'ai dû prendre froid sur la route...

– Vous avez peur ?

– Moi ? Pas du tout ! C'est idiot, pourquoi est-ce que j'aurais peur ? Non, je ne me sens pas bien, c'est tout.

– Je suis sûr que vous avez peur. Et vous avez

raison d'avoir peur. Je suis quelqu'un de dangereux, je suis un fou. On m'a rendu fou.

– Mais qu'est-ce qu'il y a, qu'est-ce qui vous prend ? Arrêtez cette voiture ou je crie !

– Allez-y ! Criez ! Qu'est-ce que vous voulez que ça me fasse ? Personne ne vous entendra !

– Mais enfin, je ne vous ai rien fait, moi, qu'est-ce que vous avez ?

– Toutes les mêmes, hein ? Vous n'avez jamais rien fait, vous savez ce que vous êtes ? »

Parmi toutes les injures qui pleuvent, il y en a au moins une qui concerne directement la profession de Claudine Leduc. Mais le problème n'est pas là. L'homme semble être sous le coup d'une fureur épouvantable. Une femme a dû lui faire quelque chose de grave, elle l'a rendu fou furieux.

Claudine Leduc laisse tomber complètement Corrine de N. pour reprendre la situation en main. Dominant la peur qui lui noue l'estomac, elle profite du silence revenu pour tenter une diversion.

« Ecoutez... Je vous ai raconté des histoires tout à l'heure. Je m'appelle pas comme ça. Mon métier, c'est le trottoir. Des types comme vous, j'en ai déjà rencontré, alors dites-moi ce que vous voulez et on essaiera de s'arranger.

– Taisez-vous !

– Allez, racontez-moi vos misères, j'ai l'habitude..

– Taisez-vous ! Ecoutez-moi, écoutez-moi bien. C'est moi qui commande, c'est moi qui décide. Alors je vais vous tuer. Et moi avec. J'ai qu'à choisir. Un mur, un arbre, un ravin, n'importe quoi, juste un petit coup de volant... comme ça, et hop ! plus personne ! »

Sous le petit coup de volant, la voiture a fait une embardée terrible. Encore un peu et l'énorme masse de tôle américaine lancée à plus de cent à l'heure s'écrasait contre un arbre.

La petite Claudine Leduc a hurlé, son front a

cogné le pare-brise et elle s'est tordu le bras en s'arc-boutant sur son siège.

Cet homme est fou. Il dit la vérité. Il va les tuer tous les deux, comme ça. Qu'est-ce qu'il faut faire ? Que peut faire un petit bout de femme dans ces cas-là ? Crier ? Personne n'entend. Ouvrir la vitre et faire des signaux de détresse aux gens qui passent ? Il serait capable de jeter la voiture sur n'importe quoi. Le maîtriser ? Avec quoi ? Et dans une voiture lancée à pleine vitesse, c'est l'accident à coup sûr.

La pauvre fille n'a plus qu'à s'accrocher, et à réfléchir, si la panique le permet, au moyen de calmer cet énergumène. Et à prier aussi pour que quelque chose arrête ce bolide : la police, une barrière de train, ou un feu rouge tout bêtement. Le temps de sauter dehors et de courir, loin de ce cauchemar.

Un cauchemar qui vient seulement de commencer, depuis dix kilomètres à peine. Et l'homme a pris une petite route, il va n'importe où maintenant, au hasard, pour rouler, le pied au plancher, le regard fixe et les dents serrées.

Encore cinquante kilomètres environ, et ce sera la fin. La voiture est immatriculée en Suisse, et l'homme est Suisse. Sans être riche, sa situation est confortable. Johan Bruner, importateur, célibataire, domicilié à Lucerne. Un bureau à Paris, un autre à Lucerne, des relations commerciales dans les deux pays. Age : quarante-neuf ans. Caractère entier et violent, excellente éducation, travailleur infatigable.

Quelque part à Lucerne, dans un quartier tranquille non loin du lac, vivent son père et sa mère, très âgés. Il a une sœur mariée qui habite Berne et un frère plus jeune, ingénieur hydraulicien.

Il n'est pas malade et ne l'a jamais été. Il ne sort pas d'un asile ou d'une maison de santé. La veille de Pâques, il a brusquement quitté son bureau parisien et il a sauté dans sa voiture, sans une explication à sa secrétaire ni à son adjoint. Tous deux ont remarqué sa colère, sans en comprendre la raison. C'est normal, car elle couve depuis des mois et il s'agit de sa vie privée. Or, très peu de personnes sont au courant de sa vie privée. Deux seulement, la femme qu'il a quittée l'année dernière, et celle pour qui il l'a quittée.

Ce sont elles qui fourniront les détails importants de l'enquête et permettront d'expliquer l'accident curieux qui va mettre fin au cauchemar de Claudine Leduc, une prostituée qui, pour l'instant, a bien mal choisi son client.

Après la colère, Claudine a essayé le charme. Pour tout résultat elle a reçu une bordée d'injures et une gifle. Pour l'instant, elle pleure en silence et en ravalant ses hoquets, de peur d'énerver le conducteur. Peine perdue, le voilà qui recommence.

« Tais-toi ou je te jette par la portière ! »

La pauvre fille tente de se calmer en mordant son foulard. Dire qu'il y a une heure à peine, elle fignolait son maquillage dans l'espoir d'attraper le bon client. Celui qui la promènerait sur les planches de Deauville, et l'installerait dans un hôtel confortable. Et pendant ce temps, bien installé dans leur chambre meublée, il attend, « l'autre », celui qui a eu l'idée mirobolante de faire travailler sa protégée dans l'auto-stop de luxe. Au lieu de lui laisser faire les soldats américains à Pigalle, tranquillement et sans risques.

De temps en temps, le fou marmonne des imprécations du genre :

« Tu vas payer pour l'autre... Je vais lui montrer de quoi je suis capable ! Je m'en fous, je m'en fous... »

Claudine essaie autre chose, sur le ton méprisant :

« Si c'est pour vous venger d'une bonne femme, c'est pas malin ce que vous faites.

– Tais-toi !

– Pourquoi vous la tuez pas, elle ? A quoi ça va vous servir de vous flanquer en l'air ? Ça l'empêchera pas de vivre ! Si ça se trouve, elle rigolera bien...

– T'occupe pas de ça ! Tu as pris sa place. Toi ou elle, c'est la même chose. Une putain, c'est une putain. Toutes les femmes sont des putains, et en plus j'en ai trouvé une vraie, une officielle... »

Claudine essaie autre chose, du genre confidence :

« Racontez-moi comment elle est ? Comment elle s'appelle ?

– Tais-toi ! Mais tu vas te taire, bon sang ! »

Claudine se tait, car la terreur la reprend. La route est pleine de virages, l'homme ne ralentit pas, au contraire. On dirait qu'il s'amuse à déraper sur le bas-côté, à frôler les buissons en faisant hurler les pneus. Il a le front en sueur. Ballottée de tous côtés sur son siège, Claudine ferme les yeux, se mord les lèvres jusqu'au sang pour ne pas crier. Cette fois, ça y est... non ! Au dernier moment, la lourde voiture a retrouvé la route et la course folle continue.

Claudine ne sait même plus où ils sont ni sur quelle route file ce tombeau roulant. Rien ne les arrête. Pas un gendarme, pas le moindre passage à niveau, rien...

Et puis, tout à coup, après une série de virages insensés, un morceau de route tout droit. Au bout, quelques toits de maisons, un clocher, un homme qui passe sur un tracteur... Claudine a juste le temps de voir son visage étonné devant ce bolide noir qui passe et elle hurle.

« Attention ! »

Crier attention à ce fou dangereux qui n'écoute rien depuis près d'une heure, c'est dérisoire. Mais ça marche !

Ça marche parce que, au bout de la route, à cinq cents mètres deux petites silhouettes traversent tranquillement... Un gosse et un chien.

Réflexe conditionné, l'homme a appuyé brutalement sur le frein, la voiture zigzague, dérape de gauche et de droite, complètement désorientée.

De son tracteur, le paysan la voit faire une tête-à-queue, se mettre complètement en travers dans un hurlement de pneus, tanguer dangereusement... puis s'arrêter, enfin, après un tonneau spectaculaire qui la remet sur ses roues.

Heureusement, le gosse avait fini de traverser en courant, le chien sur ses talons.

De loin, le paysan et l'enfant ont vu sortir une forme claire de la voiture, du côté droit. Une femme, qui s'est mise à courir comme une folle à travers champs.

« C'était tout à fait drôle, monsieur le commissaire. La femme courait d'un côté et la voiture ne bougeait pas. Ça a bien duré une minute... mais le temps que j'essaie de m'approcher, et la voilà qui repart. Un fou, c'est sûr ! Il a traversé le village à toute allure, et il s'est pris dans le petit pont, à la sortie, on l'a vu de loin sauter dans la rivière. »

Il a fallu du temps aux gendarmes pour comprendre les explications embrouillées et terrorisées de la pauvre Claudine Leduc. On l'a même soupçonnée de raconter n'importe quoi pour se rendre intéressante. Mais elle avait une entorse au poignet, une plaie au front, des bleus partout, et quand elle a vu l'homme mort au volant, la voiture tordue et à demi immergée dans la rivière, elle s'est évanouie. Il a fallu la transporter à l'hôpital, où elle a déliré pendant deux jours.

Il y avait de quoi.

Interrogée, bien plus tard, une certaine Mlle V. a déclaré à la police helvétique, avec bien des réticences :

« Johan Bruner était un ami. Rien qu'un ami. Il s'était mis en tête de devenir mon amant, mais je me suis fiancée, j'ai été obligée de le lui annoncer. Il m'a fait une scène épouvantable. Ensuite il est parti à son bureau, et je ne l'ai plus revu. C'est insensé ! Je n'aurais jamais cru ça de lui. Vous êtes sûr que ce n'est pas un accident ? Cette fille a pu raconter n'importe quoi... »

« Toutes les mêmes, et hypocrites en plus ! », c'est ce qu'aurait pensé Johan Bruner, car on ne devient pas fou de rage à ce point-là, tout seul, sans que quelqu'un d'autre y ait mis du sien. Mais toutes les mêmes... il ne faut rien exagérer. Il y a celle qui s'en est tirée au bénéfice du doute, sans plaies ni bosses, et celle qui a bien failli y laisser sa peau : Claudine Leduc, la femme de paille.

SEUL TÉMOIN, LE CHAT

La vérité n'existe pas. La vérité est unique et lorsqu'un seul homme la possède, et ne veut pas la dire, elle n'existe pas.

Lorsqu'une seule femme la possède, et meurt sans la dire, elle n'existe pas non plus.

Le sérum de vérité ? Ça n'existe pas plus. A force d'être décrié par les uns et prôné par les autres, ça n'existe pas.

La notion de sérum de vérité est née, paraît-il, d'une expérience de narco-analyse sur des soldats américains déserteurs pendant la guerre de Corée. On voulait savoir si leur fuite était due à la lâcheté ou à la peur. Leur condamnation ou leur libération auraient dépendu de ce diagnostic. Mais il arrive qu'on mente aussi sous l'effet du sérum et rien n'est jamais concluant. De plus, c'est immoral, cette violation de la conscience humaine, et illégal. Donc la vérité n'existe pas, ou plutôt il y a trop de vérités pour trouver la bonne, et c'est énervant.

C'est énervant de se trouver devant un homme qui déclare :

« Vous ne pourrez jamais prouver que je suis coupable... Et moi je ne pourrai jamais prouver que je suis innocent. »

Si l'on montrait la photographie de cet homme à un groupe d'individus, la moitié d'entre eux dirait :

« Il a une bonne tête. » Et l'autre moitié dirait : « Il a une tête d'assassin. »

Nous sommes ainsi faits qu'en regardant le visage d'un homme soupçonné de meurtre, il nous est difficile de ne pas l'estimer subjectivement.

Cet homme a cinquante ans passés en 1956, époque de cette histoire bizarre. Il les accuse largement. Son visage creusé de rides, au nez large et droit, au front un peu dégarni, est un visage anonyme, un visage que l'on ne reconnaît pas forcément dans la rue. Il faut se défendre de lui trouver l'air énigmatique, ça n'a pas de sens. N'importe qui peut avoir l'air énigmatique sur une photographie.

Sa femme, c'est autre chose. Elle est dans sa trentaine, mais jeune, belle et bien faite, avec un sourire tendre. Cela ne veut rien dire non plus. Sur le document qui la représente dans la rue, elle tient dans les bras un jeune chien attendrissant, et sur un autre, elle a le sourire charmeur d'une photographie d'identité réussie. (C'est rare.) Un rapide calcul : cinquante moins trente égale... leur différence d'âge. Il y a souvent, dit-on, des raisons particulières à ces mariages-là. Parfois, c'est vrai, et parfois pas du tout.

Dans le cas qui nous occupe, et sans trahir les faits, on peut toutefois affirmer que cette jeune femme a presque fait un mariage de raison, il y a quatre ans. Et pourtant leur rencontre fut digne d'une séquence de cinéma : une jeune femme traverse la rue en courant, un automobiliste manque de l'écraser. Il s'excuse, elle s'énerve, ils ne se revoient plus, puis se retrouvent par hasard chez des amis communs. Elle, vient de rompre avec un amant qui ne se décide pas à l'épouser. Elle est triste et désabusée. Lui, se penche avec attendrissement sur cette jeune femme, qu'il ose à peine imaginer à son bras. Elle est célibataire. Il est veuf. Deux fois veuf. Elle est vendeuse. Il est ingénieur. Elle ne connaît que la France, il a fait l'Indochine. Ils se marient : elle, par sécurité mêlée de résignation, lui un peu par folie, en se disant que, de toute façon, c'est la dernière fois.

C'est vrai. *C'est* la dernière fois.

Lui, c'est Jean, elle, Martine. Pas de nom, pas de lieu, il faut respecter certaines choses en certains cas. C'est dans une petite maison isolée que le couple vit depuis quatre ans, et s'ils ont des problèmes, personne n'est au courant. La rumeur des voisins et des proches dit simplement : « Ils s'entendent bien. »

Le 12 mars 1956, il est treize heures quinze. Jean vient de terminer de déjeuner et lit le journal. Elle est assise dans un fauteuil. C'est leur dernière conversation à deux, c'est leur dernière petite querelle. Même pas une vraie querelle d'ailleurs, si les termes et le sujet de cette discussion, tels que Jean les rapportera plus tard, sont exacts.

C'est Martine qui parle :

« Je voudrais que tu remplisses la feuille de Sécurité sociale, j'ai deux ordonnances, une pour les crèmes et l'autre pour les médicaments.

– C'est pour ton eczéma ? Montre ça, je vais le faire. »

Il est treize heures vingt. Jean examine les deux ordonnances. L'une concerne des produits de beauté anallergiques, mais sûrement pas remboursés par la Sécurité sociale, il la rend à sa femme.

« Ça, ça ne marchera pas, garde-la. »

Martine se met en colère :

« Et pourquoi ? Tu n'as qu'à t'arranger pour que ça passe quand même...

– Ah ! non. J'ai horreur de ce genre de mesquineries ! »

Martine boude et disparaît dans la salle de bain.

Il est treize heures trente. Jean remplit les papiers :

« Rappelle-moi ta date de naissance exacte, s'il te plaît ? »

Pas de réponse. Martine boude toujours. Il est treize heures quarante. Jean abandonne les papiers et s'apprête à partir; sur le pas de la porte il lance, un peu interrogatif :

« Au revoir ! Martine ? Au revoir... »

Toujours pas de réponse. Estimant qu'il s'agit d'une petite bouderie sans importance, Jean ne s'inquiète pas. Il monte dans sa voiture pour se rendre à l'usine. Il aperçoit un de ses collègues en chemin et s'arrête pour le prendre. On ne fait pas plus anodin comme dernière rencontre. Les autres faits les plus saillants étant que Jean s'est arrêté pour acheter un paquet de cigarettes, et a passé l'après-midi à son bureau, à partir de quatorze heures, sans laisser supposer une quelconque nervosité.

En rentrant chez lui, le soir, Jean croise son chien qui l'accueille dans le jardin, en frétillant comme d'habitude. Il ouvre la porte d'entrée, traverse le couloir, et aperçoit la porte de la cuisine entrouverte. Sur le seuil, une paire de mules roses... et le mystère commence.

Martine est étendue sur le sol de la cuisine, les bras repliés vers la tête. Elle est morte. Une seule blessure est apparente dans la position du corps, sous le sein gauche. Près de la tête, le revolver de Jean. Une arme qu'il a chez lui depuis son retour d'Indochine et dont il ne se sert jamais. Martine est presque nue, elle n'est vêtue que d'un slip et d'une paire de bas. Le chat de la maison est assis près d'elle.

Voici ce que fait Jean, d'après ses déclarations :

« Mon premier réflexe est de vérifier si elle est morte. J'essaie de lui faire des mouvements respiratoires avec les bras, qui sont encore tièdes. Je prends le revolver et je le pose sur la table de la cuisine, de peur que le chat joue avec. Ensuite, je prends ma voiture pour aller à la gendarmerie. La porte principale est fermée et je ne pense pas une seconde à passer par la porte de derrière. Je cours à la mairie, et pendant qu'on prévient un médecin je fais un saut chez la tante de ma femme pour la mettre au courant. Là, j'apprends que ma femme devait justement rejoindre sa tante vers deux heures et demie l'après-midi, et qu'elle n'était pas venue. »

Lorsque les policiers examinent le corps, ils découvrent d'autres choses. Tout d'abord, une seconde blessure à la tempe. Ensuite, le soutien-gorge de la jeune femme, par terre, dissimulé sous elle, un peu déchiré et taché de sang. Puis, roulée en boule et dissimulée derrière le pied du buffet de cuisine, la combinaison de la jeune femme, légèrement déchirée elle aussi et portant aussi une petite tache de sang.

Viennent ensuite les constatations des experts : la première balle tirée du revolver 7,65 appartenant à Jean s'est logée sous le sein gauche, à proximité du foie. Elle a provoqué une hémorragie interne et un coma.

La seconde balle a été tirée dans la tempe droite et a traversé la boîte crânienne. Elle est allée se loger dans la cuisinière après une trajectoire à environ douze centimètres au-dessus du sol. (Douze centimètres, cela suppose que la victime était couchée par terre.)

Et il y une troisième balle, plus exactement une troisième douille, vide, mais pas de balle, nulle part. Cette douille présente la même oxydation que les autres et a pu être tirée en même temps que les deux autres, mais où ?

Voyons maintenant comment se comporte le mari. Il est calme, extrêmement calme, bien qu'affecté par la mort de sa femme. Il pense qu'elle s'est suicidée. Martine était d'une sensibilité excessive et un peu déprimée ces derniers temps. Elle s'occupait de la S.P.A., des chats et des chiens perdus. Chaque fois qu'on lui parlait de les piquer, elle se mettait à pleurer. Elle pleurait facilement, surtout à propos des animaux, il pense qu'elle avait les nerfs malades.

Dans un premier temps, la police accepte cette version du suicide. D'autant plus que rien dans la maison ne permet de supposer que quelqu'un s'y soit introduit. Rien non plus dans la vie de Martine, ni dans la vie de Jean. Quant à la tante, elle dit avoir reçu des confidences de sa nièce; huit mois avant le drame, elle lui aurait dit :

« La vie est trop cruelle, je ne la supporte plus. Parfois, je voudrais mourir. »

Admettons. Admettons et imaginons la scène. La discussion entre les époux, à propos de cette histoire de Sécurité sociale, a mis Martine à bout de nerfs. Lorsque son mari la quitte, elle est dans la salle de bain, en combinaison. Elle se prépare à aller chez sa tante. Elle décide de se suicider. Elle va chercher le revolver, et se rend dans la cuisine. Elle ôte sa combinaison et la jette par terre. Puis elle se tire une première balle sous le sein gauche, à la place du cœur. Elle ne meurt pas, la balle s'est logée trop bas, atteignant le foie. Elle s'évanouit à moitié, tombe par terre, et tire une seconde balle dans la tempe droite. Cette fois, elle meurt. Quant à la troisième balle, dont on n'a retrouvé que la douille, deux solutions : elle l'a tirée avant les deux autres par une fenêtre pour voir si le revolver fonctionnait et la balle s'est perdue dans la nature; elle l'a tirée après les autres sans viser, dans un geste incontrôlé, et la balle est perdue, là aussi.

Si l'on suit bien cette première hypothèse, il faut constater que deux choses au moins ne vont pas. Le soutien-gorge était légèrement taché de sang, donc elle a tiré avant de l'ôter; ensuite, la fenêtre de la cuisine était fermée, donc la troisième balle aurait dû être retrouvée, ou le carreau cassé.

Reprenons la scène d'une autre manière.

Martine est en combinaison, elle tire la première balle, en glissant l'arme sous la lingerie. Elle ôte la combinaison pour voir la blessure, la roule et la jette sous le buffet, elle arrache son soutien-gorge qui tombe par terre, s'écroule et tire la seconde balle.

Là non plus, quelque chose ne va pas (sans parler

de l'étrangeté de la scène). La tache de sang du soutien-gorge est à l'envers et ne correspond pas à la blessure.

Admettons encore tout cela. Et examinons l'heure de la mort : au plus tôt, treize heures trente, au plus tard quatorze heures trente, selon l'examen digestif.

Alors ? Martine s'est tuée dans la cuisine, pendant que son mari était dans la salle à manger, et il n'a rien entendu ? Inutile de dire ce qui ne colle pas dans cette version.

Jean n'est pas arrêté immédiatement. Il reçoit d'abord l'assaut des journalistes et des photographes que le mystère de ce suicide attire comme des papillons sur une lampe électrique.

Et les journalistes découvrent en lui un personnage extrêmement énigmatique.

C'est la troisième fois qu'il est veuf. Ses deux premières femmes sont mortes, l'une en Allemagne, l'autre en sanatorium. Pendant quelques années, il a mené en Indochine une vie aventureuse, exerçant un métier difficile dans les plantations d'hévéas, sous les balles des Viets.

Puis, rentré en France, il s'est lancé dans une autre aventure. Dans la maison qu'il s'est fait construire, une trappe donne accès aux combles, et Jean montre avec fierté aux journalistes son laboratoire secret : des pendules de radiesthésiste, un émetteur d'ondes courtes, des fichiers multicolores, couverts d'annotations, de chiffres, de dessins bizarres. Cet ingénieur de cinquante-trois ans fait de la recherche scientifique : il cherche à découvrir les radiations émises par les corps vivants. C'est sa passion.

Alors que la police le soupçonne du meurtre de sa femme et que les théories les plus graves pour lui s'échafaudent dans le bureau du juge d'instruction, il fait tourner devant les journalistes un petit pendule sur une photo de sa femme.

Il a posé cette photo sur un grand cercle gradué, puis l'a recouverte de deux disques de métal :

« Regardez... le pendule va s'immobiliser sur le chiffre quatorze... qui correspond sur ma fiche de calculs au sexuel... »

En effet, le pendule s'arrête sur le chiffre quatorze et un journaliste demande :

« Et alors ? Quelle conclusion en tirez-vous ?

– Aucune pour l'instant, la mort tragique de ma femme pose une énigme qui m'échappe encore. Je cherche.

– Vous faites une enquête vous-même ?

– Pour l'instant, j'ai posé les données du problème, mais j'ai besoin de réflexion. »

Il montre aux journalistes sa façon d'étudier le problème : avec une minutie incroyable, il a fait le relevé du plan de son appartement. Tout y est reproduit, jusqu'au tapis de l'entrée. Dans la cuisine, une petite silhouette de femme, c'est le corps de Martine, tel qu'on l'a trouvé, avec l'emplacement de la combinaison, du soutien-gorge, du revolver. Il y a même le chat !

« Le chat pourrait expliquer beaucoup de choses, dit-il aux journalistes. Je cherche à savoir s'il a pu jouer avec la combinaison de ma femme, et l'entraîner sous le buffet de la cuisine... »

Et pour mettre sa théorie en pratique, il fait inlassablement des expériences, avec une pièce de lingerie, qu'il pose par terre devant le chat. Muni d'un appareil photographique, il guette l'instant où l'animal va peut-être entraîner le linge de la patte.

Etrange reconstitution, qui ne donne rien de concluant, on s'en doute, et l'ingénieur soupire devant les journalistes :

« Tout est contre moi. La science et les experts sont contre moi, mais ils se trompent, ma femme s'est suicidée dans une crise de dépression. Il n'y a pas d'autre explication. Je sais qu'on me soupçonne, mais je n'ai pas de mobile. Je n'étais pas jaloux. J'adorais ma femme. Elle était belle, beaucoup plus jeune que moi, c'est vrai, mais j'ai tout fait pour elle... Je ne me suis pas rendu compte que c'était si grave. Je vivais près d'elle sans savoir qu'elle était malheureuse. C'est de ma faute. Si j'avais su... Mais elle ne me disait rien. En tout cas, plus rien d'important, elle ne voulait pas sortir, elle n'aimait pas le cinéma, elle n'aimait pas le sport, ni la danse, elle ne voulait que ses livres et sa musique. On dit que je la séquestrais, que j'étais jaloux, que je l'isolais du monde, c'est faux ! Maintenant il faut que je prouve l'improuvable... Il faut que je prouve qu'elle s'est tuée... »

En attendant, le non-lieu est retardé et le juge d'instruction déclare :

« Le suicide est impossible, l'enquête continue. »

Jean, pendant ce temps, continue ses petits calculs et ses théories. Il étudie tous les traités de criminologie qu'il trouve, se penche sur le problème ardu des blessures par balle, photographie son chat pendant des heures, bourre ses cahiers de notes et de chiffres cabalistiques.

Le juge d'instruction, de son côté, a tenté l'expérience du moulage des mains, dans le but de découvrir sur les mains du mari, suspect numéro un, des traces de poudre. Or, on en a trouvé !

Par contre, le même moulage, effectué sur la main de Martine, ne donne rien. C'est donc qu'elle ne s'est pas suicidée.

Jean, de son côté, épluche les lectures de sa femme, espérant y trouver un indice sur son comportement. C'est en avril 1956, alors qu'il est plongé dans Balzac, qu'on l'arrête.

Il ferme son laboratoire. Fait clouer les portes de sa maison, prend sa petite valise et déclare à la presse :

« J'attends que la justice prouve ma culpabilité. Je voudrais bien savoir comment elle s'y prendra pour démontrer que j'ai pu commettre le crime en un quart d'heure. Je connais les charges qui pèsent contre moi, on affirme que ma femme a fait la vaisselle et qu'elle était en train de s'habiller quand la première balle l'a frappée. C'est pour cela que l'on n'accepte pas le suicide. Quant aux traces de poudre sur ma main, il paraît que ce test du moulage est pratiqué pour la première fois en France, je ne suis pas convaincu de sa valeur scientifique... On ne pourra jamais prouver que je suis coupable, mais moi, je ne pourrai jamais prouver que je suis innocent... Nous verrons bien qui l'emportera. »

Au bout de cinquante et un jours de détention, à la prison de Clermont, une preuve en tout cas est faite, la seule possible : l'instruction n'a pas pu établir la culpabilité, et le suspect n'a pas pu établir son innocence.

C'est donc la mise en liberté provisoire du détenu. Les résultats du test sont remis en question car toutes les polices du monde s'en méfient, même Scotland Yard.

Que reste-t-il pour justifier les soupçons qui pèsent sur cet homme ? Sur quoi baser une accusation devant les assises ? Et si ce n'est pas sur le mari, sur quoi ? L'enquête n'a rien trouvé d'autre. Rien d'autre que le mystère de cette combinaison roulée en boule et tachée de sang, le mystère de cette troisième balle, le mystère de ce suicide bizarre, si c'en est un...

Lorsque le non-lieu est prononcé, officiellement déclaré veuf pour la troisième fois, Jean fait cette réflexion curieuse :

« Je me demande si elle n'a pas combiné cette façon de se suicider pour me mettre en difficulté après sa mort... Une cartomancienne lui avait prédit un drame mortel avant ses trente-cinq ans. Je le lui rappelais souvent pour m'amuser. Cette façon de mourir, c'est peut-être une vengeance posthume ? »

Le dernier épisode de cette étrange affaire n'est pas moins curieux. Un jour de novembre 1956, neuf mois après la mort de sa femme, Jean préside à une inquiétante séance de spiritisme. Le médium, c'est

Germaine Goyard. L'hypnotiseur, c'est Roland Domergue. La séance est destinée à reconstituer sous hypnose la scène de la mort de Martine.

Médium et hypnotiseur ont l'habitude. Ils ont, paraît-il, découvert à eux deux des maladies inconnues, trouvé des trésors cachés, reconstitué des crimes, élucidé des disparitions, etc.

Ce jour-là, l'hypnotiseur pose ses mains sur la tête du médium, et en trente secondes Germaine Goyard est endormie. Avec des mots hachés et une voix lointaine, elle entame une litanie reconstituant un scénario qu'il faut résumer, car elle a parlé plusieurs heures.

Une femme vient voir Martine, le médium l'appelle « la visiteuse ». Les deux femmes discutent âprement. C'est la visiteuse qui fait la vaisselle. Martine est prostrée sur une chaise et parle peu. Puis la visiteuse s'en va. La jeune femme est seule, elle va chercher quelque chose (le revolver sûrement). Elle revient dans la cuisine, elle est en combinaison, elle tire, elle tombe, elle souffre, elle tire sur sa combinaison... comme pour l'arracher, puis retombe... (A ce moment de l'action, le médium s'écroule par terre, et mime tous les gestes qu'elle décrit.)

Puis la fenêtre s'ouvre, un homme entre. Il n'a pas de cravate, ni de chapeau, il est bien bâti, un peu plus grand que la moyenne. Il enjambe le corps, il prend le revolver, il enlève la combinaison, il la jette et tire à bout portant, au même endroit, c'est-à-dire au cœur.

Le médium ne voit pas de blessure à la tête... C'est que, probablement, il n'y a plus de contact, la victime est déjà morte.

L'homme semble avoir disparu dans la forêt toute proche, et le médium le perd de vue (si on peut dire).

Selon les journalistes, cette séance était si insoutenable que tout le monde fut soulagé lorsque l'hypnotiseur réveilla son médium. Le folklore était terminé.

Qui sait la vérité ? Il n'y a pas de vérité dans cette affaire. Si cet homme la connaît, il ne l'a pas dite. Si Martine seule la connaissait, on ne la saura jamais.

Vingt ans passent, sans rien apporter de neuf. Restait le sérum de vérité. Un journaliste proposa au veuf énigmatique de s'y soumettre en public. Une station de radio lui proposa de s'en faire l'écho, au cours d'une émission spéciale intitulée *La vérité sur l'affaire X.*

Le veuf énigmatique accepta, puis réfléchit et fit une dernière déclaration à la presse aux abois :

« Je préfère le soupçon, même s'il me rend la vie impossible. Je ne voudrais pas, sous l'effet du Penthotal, dire des choses qui n'ont rien à voir avec la mort de ma femme. Qu'on m'estime coupable ou innocent, je renonce à la vérité. »

Voilà pourquoi la vérité n'existe pas.

FRAGMENT D'APOCALYPSE

AUX environs de dix heures du soir, le samedi 24 mars 1935, Miss Riggs, gouvernante à la villa *Madeira*, longe le corridor qui mène de la salle de bain à sa chambre. Elle sursaute en se cognant presque au jeune Stoner. Celui-ci est à peine décent, il ne porte qu'une moitié de pyjama, celle du bas. La gouvernante l'interroge un peu sèchement :

« Qu'est-ce qui vous arrive, Stoner ?

– Rien. »

Le garçon se redresse. Il a dit « Rien », mais il était littéralement courbé en deux, l'oreille collée à la porte de la chambre à coucher des maîtres. La gouvernante insiste :

« Rien ? Vraiment ?

– Rien. Je vérifiais que les lampes sont éteintes. Bonne nuit, Miss Riggs... »

Miss Riggs reprend le chemin de sa chambre et sursaute encore en se trouvant nez à nez avec Mme Rattenbury.

« Quelque chose ne va pas, madame ?

– Rien. »

La jeune femme a l'air excité. Son déshabillé de nuit choque énormément la prude Miss Riggs qui, par ailleurs, n'a guère de conversation.

« Rien ? Vraiment ?

– Rien... J'avais envie de bavarder un peu mais il est tard. Bonne nuit, Miss Riggs... »

Miss Riggs gagne alors son lit et pose sa vieille tête sur l'oreiller. Puisque deux personnes lui ont souhaité bonne nuit ce soir, exceptionnellement, le mieux est de suivre leur conseil.

Le silence de la grande maison est tout à fait réconfortant, mais il ne dure qu'un quart d'heure. Le diable a juré ce soir de faire sursauter la pauvre Miss Riggs. C'est un hurlement épouvantable !

« Qu'est-ce qu'il y a ? Qu'est-ce qu'il se passe ? »

La pauvre Miss Riggs a crié dans le noir, mais personne ne lui répond, car cette fois il est difficile de répondre : « Rien, Miss Riggs »...

La villa *Madeira*, à Bournemouth, va connaître une nuit extraordinaire, l'explosion d'un feu qui couve depuis longtemps.

Avant de retrouver Miss Riggs réveillée en sursaut, il faut revenir un peu en arrière dans le temps et voir qui habite cette charmante maison au bord de la mer.

Tout d'abord le maître, Francis Rattenbury, soixante-huit ans. Un bon visage de grand-père, un air doux, un peu triste. Il a été très riche, il ne l'est plus énormément, il a même pas mal d'ennuis d'argent qu'il essaie de noyer dans l'alcool. L'efficacité de ce procédé n'étant pas évidente, il lui arrive de parler suicide.

La femme du maître, Alma Rattenbury, a trente-huit ans. Extrêmement jolie et intelligente, c'est aussi une pianiste tout à fait remarquable, une perle. Une perle de trente ans plus jeune que son mari, lequel est son troisième mari. Quand le premier est mort en 1918, à la guerre, Alma avait un fils et tout juste vingt et un ans. Le second a divorcé. Le troisième boit, dort et ronfle ! L'âge et les soucis !

C'est un problème pour Alma. Officiellement non, bien sûr, car le couple s'entend bien. Mais, comment dire ?... Il faut une expression élégante, par exemple qu'Alma a un teint de nacre et des yeux de braise.

Une façon comme une autre de suggérer qu'elle est un peu nymphomane.

Ensuite, voici Miss Riggs, la gouvernante. Par définition, une gouvernante anglaise est inodore et sans saveur, facilement impressionnable et obéissante. Miss Riggs, en conséquence, ne jouera dans cette affaire que le rôle de témoin, horrifié et docile.

Il faut présenter maintenant le dernier arrivé dans la maison : George Stoner. Dix-huit ans. A peine sorti des limbes de l'enfance et du garage paternel où il lavait les voitures.

Beau ? Pas vraiment. En tout cas, il est trop tôt pour l'affirmer. On ne peut dire d'un premier communiant qu'il est beau, et George a encore l'air d'un premier communiant. Sauf en pyjama. En moitié de pyjama surtout, comme l'a surpris la pauvre Miss Riggs, tout frais sorti du lit accueillant de Mme Rattenbury.

Si l'on demandait à Miss Riggs ce qu'elle pense du dernier amant de madame, elle répondrait certainement :

« C'est honteux ! Un gamin de cet âge ! Il est soi-disant chauffeur ! Dieu me pardonne, c'est un drôle de métier ! »

Et si l'on insistait sur le sujet :

« M. Rattenbury est-il au courant ?

– Qui peut savoir ? Certainement, oui. Il a toujours fermé les yeux sur les folies de sa femme, il lui donne même de l'argent pour les faire ! »

Effectivement, la dernière folie d'Alma fut un voyage avec George Stoner à Londres, où ils descendirent à l'hôtel. Elle lui a offert un pyjama de soie, une montre en or et a poussé la délicatesse jusqu'à acheter elle-même un bijou, que George lui a offert en retour. Ils viennent de rentrer de ce voyage d'amoureux, et avec leur retour, la villa *Madeira* s'est chargée d'électricité. M. Rattenbury traîne un cafard qui refuse de se noyer dans le whisky. Alma, ce soir, a tenté de le réconforter.

« Nous partirons demain, tous les deux, nous irons à Bridgport pour quelques jours. George nous conduira. »

Et, redevenue très grande dame, Alma a sonné le chauffeur :

« George ? Nous partons demain, monsieur et moi, vous préparerez la voiture, vous nous conduirez à Bridgport et vous rentrerez ici. Je téléphonerai pour notre retour. »

De séducteur vêtu de soie à Londres, voilà George redevenu domestique à la villa *Madeira.* C'est dur.

Juste avant de se faire surprendre par Miss Riggs, en train d'écouter à la porte du maître, George a donc piqué une colère et joué la grande scène du deux.

Vers huit heures du soir, muni d'un pistolet à air, il est venu l'agiter sous le nez de sa maîtresse en menaçant :

« Si tu pars avec lui, je te tue ! Je sais ce qui se trame ici. Cet après-midi, il est venu dans ta chambre et tu as fermé la porte ! Là-bas, vous coucherez dans le même lit, n'est-ce pas ? »

C'est en questionnant Miss Riggs que l'on peut connaître une conversation aussi privée; ce qui implique une question :

« Miss Riggs ? Comment pouvez-vous rapporter ces propos ? Vous écoutez aux portes, vous aussi ? »

Réponse :

« Je n'ai vraiment pas fait exprès, je passais dans le couloir et la porte de la chambre de madame était entrouverte ! »

Ensuite, toujours dans le couloir, Miss Riggs a rencontré George à moitié nu, penché, l'oreille collée sur la porte de M. Rattenbury. Questionnant toujours :

« Qu'a-t-il entendu, Miss Riggs ?

– Des ronflements. On les entendait de loin d'ailleurs. Monsieur avait bu plus que de raison. Une bouteille entière, je crois. »

C'est ensuite Mme Rattenbury, en déshabillé, qui vient, à dix heures du soir, dans la chambre de Miss Riggs pour bavarder !

« Votre maîtresse venait souvent bavarder avec vous, Miss Riggs ?

– Tous les soirs. C'était un prétexte... Elle venait « avant »... et « après »... en attendant M. George, pour justifier sa présence à l'étage des domestiques. On ne sait jamais.

– Alors, pourquoi avez-vous sursauté en la voyant, Miss Riggs ?

– Ce n'était pas l'heure... Je l'avais déjà vue pour... « avant ». Pour « après », c'est en général vers minuit. »

Pauvre Miss Riggs ! Elle en a vu de toutes les couleurs. Un maître alcoolique, une maîtresse plus que libertine, et maintenant ce cri d'horreur... ce cri de femme qui enfle et s'amplifie, envahit toute la maison. Qu'est-ce que c'est, Miss Riggs ? Qu'est-ce que c'est ?

Miss Riggs dévale les escaliers jusqu'à l'étage des maîtres. La porte a été ouverte si brutalement qu'un guéridon s'est renversé dans le corridor.

Alma est debout, dans l'ombre, à peine éclairée par une lampe à pétrole. Elle est comme paralysée, raide d'effroi. Le bras tendu, elle bégaie :

« Regardez... Oh ! regardez... regardez... »

C'est un affreux spectacle.

Francis Rattenbury est assis dans son fauteuil, sa tête est une chose étrange, informe, d'où s'échappent des flots rouges qui coulent sur ses vêtements et s'étalent sur le parquet. Miss Riggs est la première à se ressaisir. Plantant là sa maîtresse statufiée, elle se précipite sur le téléphone et appelle le docteur. Pour être sûre qu'il vienne le plus vite possible, elle court réveiller George et l'expédie le chercher en voiture. Un quart d'heure plus tard, le docteur O'Donnel jette un œil exercé sur la victime, et appelle un chirurgien de ses amis à la rescousse. Car le vieil homme est encore en vie. A l'intérieur de ce crâne défoncé, il se passe encore quelque chose, de justesse. Ensuite, le docteur s'occupe d'Alma :

« Secouez-vous !... Vous avez vu quelque chose ? Il a été attaqué... Allons, secouez-vous ! »

Alma se met à trembler, sa voix prend des accents hystériques, elle bafouille :

« Il... Il parlait tout le temps de suicide ! On devait partir demain. Cet après-midi, il lisait un livre, il me l'a lu, il disait qu'il admirerait un homme capable de faire ça, de prendre sa propre vie et de l'éteindre. Il disait que les gens sont obligés de vivre trop longtemps, oui, c'est ça qu'il disait. Regardez, le voilà le livre, regardez, il l'a posé là. *Comment les hommes se suicident*, c'est écrit là quelque part, il a vécu trop longtemps... »

Le livre est là, ouvert au bon endroit, le docteur le constate en effet. Difficile tout de même d'imaginer un homme se suicidant à coups de marteau, ce qui semble être le cas...

Tandis que l'ambulance fonce vers l'hôpital, Alma se met à gesticuler et à hurler comme une folle, puis s'effondre à nouveau sur une chaise, les yeux fixes. Elle se saisit d'une bouteille d'alcool, en avale une large rasade, puis recommence à s'agiter et à boire, jusqu'à ce que le médecin lui fasse avaler de force un comprimé de calmant, sans aucun résultat d'ailleurs.

A deux heures du matin, la police arrive et découvre un spectacle effarant.

En chemise de nuit, Alma danse une espèce de gigue dans le salon illuminé. Le pick-up marche à plein rendement, on se croirait dans l'antre d'une fille de joie.

Le premier policier qui se présente en fait l'expérience. Alma se jette littéralement à son cou, l'embrasse à pleine bouche, et il a bien du mal à se débarrasser des deux bras envahissants et lascifs.

Quand l'inspecteur tente de protester, c'est à son

tour de subir les assauts de la jeune femme. Alma annonce clairement son intention de l'inviter dans sa chambre, surtout par gestes d'ailleurs, car son langage est assez incompréhensible. Que faire ?

Une paire de claques. C'est le docteur O'Donnel qui en prend la responsabilité. L'effet est pour le moins surprenant, car la jeune femme se met à rire à gorge déployée. L'interrogatoire s'annonce difficile. L'inspecteur le tente bravement :

« S'il vous plaît, madame, que s'est-il passé ?

– J'ai entendu une cloche ! Une cloche ! Dans ma tête !

– Madame !

– Il grogne ! Il grogne ! quelqu'un grogne, quelqu'un descend l'escalier, il est dans le fauteuil...

– Madame ! Du calme. Qui descend l'escalier ? Qui ?

– Vous dansez ? »

Et Alma se précipite à nouveau sur le pick-up, en hurlant de rire. C'est un spectacle désolant que cette jeune femme en chemise de nuit, dansant et riant sur un tapis ensanglanté... Miss Riggs parviendra tout de même à l'entraîner sur le divan et, moyennant un verre d'alcool et beaucoup de patience, ramènera le calme.

Totalement dépassés, les policiers se mettent alors à fureter dans la pièce, vaquant à leurs occupations, gênés et maladroits. Alma ne bouge plus. Sagement assise, les mains croisées sur ses genoux, elle regarde les hommes fouiller la pièce, examiner les fenêtres, les portes et les meubles. Une demi-heure passe ainsi dans un calme relatif. Mais, alors que personne ne s'occupe plus d'elle, d'une voix tout à coup précise et haute, Alma s'écrie :

« C'est moi ! Je l'ai fait avec un maillet, il avait vécu trop longtemps, c'est affreux, mon amour l'a fait ! »

Stupeur parmi les policiers et grand silence, car Alma se tait à nouveau, regardant autour d'elle avec sérénité. Personne n'ose la questionner. Alors, elle insiste :

« Je l'ai fait ! Il m'a donné le livre, il m'a dit : « Chérie... s'il te plaît, chérie, fais-le ! »

A nouveau, grand silence.

« Je vous dirai demain où est le maillet. Avez-vous appelé le procureur ? La prochaine fois, je ferai du meilleur travail. »

Un policier s'avance, puis un autre, apparemment résolus tous deux à une arrestation immédiate et dans les règles, lorsque le médecin, furieux, s'interpose :

« Vous n'allez pas l'arrêter ! Regardez-la, elle est pleine de whisky et de drogue ! Elle n'est pas en état de vous parler, à vous ou à n'importe qui d'autre ! Aidez-moi plutôt à la coucher. »

Les policiers vont donc border la jolie dame dans son lit, l'un d'eux boucle la porte à double tour et s'installe sur une chaise pour attendre le matin. Il est trois heures trente.

A huit heures (l'aube pour Alma, à peine remise de ses excès de la veille), les mêmes policiers la tirent de son lit et l'entraînent jusque chez le juge. C'était bien la première fois de sa vie que le brave homme inculpait officiellement de tentative de meurtre un fantôme à moitié endormi.

« Voulez-vous renouveler vos aveux, madame ?

– Mûmm... je jouais aux cartes, il m'a demandé de le tuer. J'ai pris un maillet, il a dit que je n'aurais pas la force, j'ai frappé. Si j'avais eu un fusil, j'aurais préféré tirer. »

Cela dit d'une voix venue des profondeurs, Alma s'assoupit sur sa chaise, devant le juge, et se réveille en prison, vingt-quatre heures plus tard, c'est-à-dire le 26 mars 1935.

A l'hôpital, M. Rattenbury est toujours vivant, mais silencieux. Dans la villa *Madeira*, Miss Riggs sursaute à chaque courant d'air et George tourne en rond. Le 27 mars, M. Rattenbury est encore vivant et Alma, qui reçoit son avocat en prison, renouvelle ses aveux sans difficulté, mais succinctement. Elle semble épuisée et son esprit a nettement souffert du choc.

Le 28 mars, M. Rattenbury meurt sans avoir repris connaissance. Alma est inculpée de meurtre avec préméditation. A la villa *Madeira*, George et Miss Riggs prennent le thé. George baisse le nez sur son assiette de toasts.

« Miss Riggs ? C'est ma faute si elle est en prison, c'est moi qui l'y ai mise. J'irai demain, ils la feront sortir, et ils me mettront à sa place. Le criminel, c'est moi. »

La voix de Miss Riggs n'est pas tellement rassurée quand elle demande :

« Pour... pourquoi ne pas y aller maintenant ?

– Je veux dormir. Je n'ai pas dormi depuis quatre jours, réveillez-moi à six heures ! »

Une nuit entière, seule dans cette horrible maison avec cet homme, c'est trop pour Miss Riggs. Elle téléphone en sourdine, et George Stoner est arrêté dans son lit. C'est une manie pour les policiers, décidément.

Ainsi, l'assassin serait George ? La police doit en convenir, le maillet vient de chez ses parents. Il l'a emprunté le jour même de l'attaque, en racontant qu'il voulait faire du camping et monter une tente. Il l'a caché ensuite dans le garage. D'autre part, George s'efforce d'innocenter sa maîtresse. Après avoir frappé, il serait monté dans sa chambre, l'aurait réveillée pour lui annoncer son geste, et c'est là qu'elle se serait précipitée dans l'escalier en hurlant.

Il faut d'ailleurs employer le conditionnel, car il est difficile de savoir si oui ou non, Alma était complice.

D'abord, elle s'obstinera longtemps dans sa prison à affirmer sa culpabilité : George est innocent, c'est elle qui a tué. Ensuite, lorsqu'elle aura compris l'inutilité de ce sacrifice, ce sera le silence. Le silence total.

Mais ce n'est pas fini. Après délibérations, Alma et George sont envoyés devant les assises de Old Bailey, pour y être jugés ensemble, la cour ayant décidé de ne pas faire de procès séparés.

Les deux accusés plaident non coupables, et c'est étonnant à plus d'un titre. En effet, George Stoner prétend avoir tué sous l'effet de la drogue dont il serait un habitué. Alma se contente d'une amnésie totale. Elle ne se souvient absolument de rien. Elle a même oublié la journée qui a précédé le crime. A fortiori, la séance effrénée avec les policiers et, bien entendu, ses aveux. Elle ne sait plus ce qui s'est passé.

Démontrer que Stoner n'est pas un drogué et qu'il a agi sciemment est une affaire vivement réglée : coupable, il sera pendu.

Démontrer la complicité d'Alma n'est pas aussi simple. Une seule chose reste claire dans l'esprit des jurés, clamée d'ailleurs par une bonne poignée de témoins, médecins et psychiatres : Alma Rattenbury est une nymphomane. Douze paires d'yeux avides de scandale la contemplent, imaginent toutes les indécences possibles et l'acquittent.

George disparaît en cellule, Alma sort du tribunal, tête basse et visage fermé. Nous sommes le 31 mai 1935.

Trois jours après, le 3 juin, Alma prend le train pour New Milton dans le Hampshire. Il fait beau, elle se promène, puis va s'asseoir sur un banc, au bord d'une rivière. Elle fume une cigarette.

Sur la rive opposée, un pêcheur l'observe machinalement. Il s'en rappellera longtemps.

Elle a enlevé son manteau et l'a posé sur l'herbe avec son sac, derrière elle. Elle a joué un moment avec les reflets du soleil en se penchant sur l'eau. Puis, tout à coup, elle a levé le bras très haut, sa main tenait un couteau. Sous les yeux du pêcheur impuissant de l'autre côté, elle a plongé six fois le couteau dans sa poitrine. Six fois. Puis elle a basculé dans l'eau, et elle était morte quand le pauvre homme l'a enfin repêchée. Trois coups sur les six avaient atteint le cœur.

Dans son sac on trouve une lettre :

Puisque George mon amour sera pendu, il faut que tout finisse. Je trouverai l'endroit et le lieu pour le faire.

Pauvre Alma ! Quelques semaines plus tard, George Stoner obtenait sa grâce ! Il ne fut pas pendu, mais condamné à vie !

La mort a de ces injustices !...

PRÉMÉDITATION

Il en faut, parfois, pour pousser un homme à bout ! On n'imagine pas la résistance nerveuse dont dispose un individu, normalement constitué s'entend. Bien entendu, tout le monde n'est pas fabriqué sur le même modèle, et tout le monde n'a pas la patience de Charles. Charles tout court. Laissons-lui l'anonymat et la tranquillité, qu'il a bien mérités. Il est vraiment, mais alors vraiment, rare de trouver des circonstances atténuantes à un homme qui a tué. Car des excuses, non, il n'y a jamais qu'une seule excuse à tuer : chacun sait bien que c'est l'uniforme...

Mais pour Charles, on comprend. On comprend même que c'est l'autre qui a tout fait, pour se faire tuer. Et que lui, Charles, il n'a fait qu'arriver au bout de sa patience. Une très longue patience, extraordinaire, un suspense de longue haleine.

Tout d'abord, une précision : la police n'a rien à voir dans cette affaire. Pas d'enquête, pas de suspect, pas d'aveux extorqués. La police n'a fait que constater, et entendre les détails de la bouche de Charles lui-même. Plus tard, la cour d'assises fera de même. Et le lecteur lui aussi va constater.

Pour situer le personnage, deux mots suffiraient presque : un brave gars. Vraiment brave, ouvrier, dix-huit ans, aîné d'une famille nombreuse. Maman a eu derrière lui, dans l'ordre : Marcel dix-sept ans aujourd'hui, Lucien quinze ans, Daniel treize ans,

Jeanine douze ans, Bernard huit ans, et Françoise six ans.

Sept enfants en onze ans ! Onze ans de langes à laver ! Un bel exemple pour les partisans de la libération de la femme, sauf que maman aime ça et que dans les années cinquante, on ne parlait pas de libérer les femmes. Du moins à peine, et à mots couverts. Papa est ouvrier aussi, tout le monde s'aime bien. Revenons donc à Charles, l'aîné des sept enfants.

Toute la semaine, il tape sur des tôles dans un garage. Tous les soirs, il rentre à la ferme.

De temps en temps, il participe aux répétitions de la fanfare du village où il est tambour, et le samedi soir il va au cinéma.

Or, un soir de mars 1951, Charles est assis au cinéma, avec une bande de garçons de son âge. C'est l'entracte. Et il éprouve une sensation bizarre : l'impression que quelqu'un le regarde, sans savoir d'où ça vient. C'est étrange, deux yeux lui vrillent la nuque. Il les sent mais n'ose pas se retourner tout de suite.

Si seulement il ne s'était pas retourné du tout ! Mais comment prévoir ?

Ces yeux-là sont féminins, noirs et audacieux. Ils s'accompagnent d'un sourire léger mais insistant. Les copains ricanent.

« Eh ! Charles, t'as une touche...

– Eh ! veinard, tu nous avais caché ça...

– Alors, tombeur, qu'est-ce que tu attends ? »

Pour Charles, c'est une nouveauté. C'est bien la première fois qu'une fille lui fait des avances. Surtout une fille comme celle-là, belle et aguichante. En réalité, il ne sait pas où se mettre et un trou de souris ferait bien son affaire. Mais les copains complaisants le renseignent : « Elle » s'appelle Huguette, elle est bonne à tout faire...

La « bonne à tout faire » fait l'objet d'une série de plaisanteries sans équivoque, qui font rougir le malheureux Charles jusqu'au bout des oreilles. Pendant ce temps, les yeux noirs ne le quittent pas, et le sourire insiste...

C'est gênant, mais pas désagréable au fond. Et dans le noir qui envahit la salle, Charles se sent quelqu'un, il existe tout d'un coup ! Ça a l'air bête, mais c'est très important pour la suite des événements, et il faut bien le comprendre. Un garçon de dix-huit ans, un peu naïf, qu'une fille de dix-sept ans un peu dévergondée regarde dans les yeux, se sent un homme. Un autre à la place de Charles aurait immédiatement profité de la situation et poussé son avantage. Lui ne fait rien de tel. Au contraire, à la sortie du cinéma il se sauve littéralement, comme s'il sentait déjà qu'il est incapable d'affronter la situation. Mais c'est trop tard, déjà. Lorsqu'une femme de la trempe d'Huguette a décidé de mettre le grappin sur un homme, c'est fini pour lui. Pourtant, Charles n'est pas un imbécile. Tout au plus un naïf, ce qui n'est pas la même chose, loin de là. C'est d'ailleurs le cas de beaucoup d'hommes devant beaucoup de femmes, quoi que les femmes en pensent. Bref, quelque temps après le petit incident du cinéma, que Charles a d'ailleurs largement oublié, Huguette, les yeux noirs d'Huguette ressurgissent dans son dos. Ce jour-là Charles est à l'atelier, il tape sur une tôle, c'est un samedi et il n'est pas à son avantage, le pauvre garçon. Noir de cambouis et de sueur, dans une vieille salopette bleue.

Voici son propre commentaire à ce sujet, des années plus tard :

« J'y ai pas cru. Elle s'est plantée là, à l'entrée du garage, elle me regardait comme si j'étais Gary Cooper. Je ne me souviens pas exactement de ce qu'elle m'a dit, quelque chose comme : « Bonjour, j'avais « envie de vous revoir, à quelle heure vous « sortez ? »

Alors il est allé se mettre la tête sous le robinet, il a ôté sa tenue de travail, et il est parti avec elle, comme un chien qu'on siffle. N'empêche qu'il ne s'attendait pas à la suite.

Au bout d'une heure de promenade, et de lieux communs, Huguette va droit au but :

« Si on allait chez toi ?

– Où ça, chez moi ?

– Dans ta chambre...

– Ah !... ben, c'est-à-dire que, chez moi, il y a du monde...

– Tu n'as pas envie d'être seul avec moi ?

– Si. Oh ! si, j'ai pas dit ça.

– Alors, trouve quelque chose... »

Un peu terrorisé, il faut bien le dire, et pris de court, Charles ne voit que la grange, l'éternel refuge des amours paysannes.

N'empêche qu'il ne s'attendait pas non plus à la suite. D'habitude, c'est le garçon qui renverse la fille dans la paille... et tout le reste. Avec Huguette, c'est le contraire. Ce sera toujours le contraire.

Au bout de trois semaines, Charles finit par s'y habituer. Il en est même, comment dire..., plutôt satisfait.

Ainsi s'achève la première époque. L'époque heureuse pour Charles, la seule qu'il connaîtra jamais.

« Charles, je veux me marier avec toi... »

A partir de cette petite phrase, c'est fini. Charles, qui aime bien Huguette, n'est pas fou à ce point-là. Il hésite : il est trop jeune, elle aussi, les parents ne voudront pas, la famille a besoin de sa paie, etc. Mais Huguette fait briller ses yeux noirs :

« Charles, il faut nous marier, je suis enceinte. Tu dois réparer ! »

Réparer quoi ? Vu froidement d'un point de vue extérieur : rien. De celui de Charles, c'est différent. Il est catholique, croyant, amoureux, bon comme le pain, et pris au piège; alors, il l'épouse. Contre vents et marées, contre père et mère, et avec l'assentiment de son confesseur qui plus est !

Huguette vient donc s'installer dans la ferme

familiale, robe blanche et fleur de lis à la main. Et elle s'y installe comme à l'hôtel. Plus question de faire le ménage ou la lessive, plus question de travailler à l'extérieur.

La mère ne tarde pas à s'en apercevoir. Elle a tout simplement hérité d'un enfant de plus, et s'en plaint à son fils :

« Dis-lui qu'elle fasse au moins son lit !

– Ne la bouscule pas, maman, quand elle aura eu l'enfant, ça ira mieux.

– Dis-lui qu'elle s'occupe au moins de son linge !

– Ecoute, maman, elle dit qu'elle a mal au dos, c'est le bébé.

– Charles, ça ne peut plus durer, elle se lève à onze heures, et il faut encore que je lui fasse le petit déjeuner...

– C'est le docteur qui lui a dit de se reposer à cause du bébé...

– Quel bébé ? Je voudrais bien le voir, ce bébé ! Demande-lui donc où elle l'a mis. Je serais bien étonnée qu'elle le sache ! »

Eh oui, c'est le coup classique. Huguette ne ment même pas, elle se contente d'enjoliver beaucoup.

« C'est vrai, je n'étais pas enceinte, mais c'était pour me marier avec toi ! Je t'aime, moi, je ne voulais pas te quitter, je voyais bien que tes parents n'auraient jamais voulu, tu ne vas pas me reprocher de t'aimer tout de même ? »

Voilà un argument bien féminin et bien logique, que Charles avale sans trop faire d'histoire, brave comme il est. Mais le climat s'est légèrement refroidi à la ferme. Un mensonge comme celui-là est difficilement acceptable dans une famille où l'on a élevé sept enfants. Charles ravale sa honte et sa déception, et répond à sa mère qui triomphe :

« Ne la juge pas mal, elle a fait ça pour moi. »

Il est tellement amoureux qu'il est prêt à se mentir à lui-même, car il n'y croit pas. Il doit savoir qu'il court à la catastrophe avec Huguette, mais comment faire pour justifier l'amour qu'il porte à cette femme dévergondée, paresseuse, menteuse et égoïste ? Comment faire, sinon se mentir à soi-même ? Alors Charles veut bien se persuader.

Mais décidément, ce mari qui accepte tout c'est trop facile pour Huguette, il faut aller plus loin et très vite.

Charles et Huguette sont mariés depuis six mois à peine, c'est une fin d'après-midi orageuse dans la grande salle de la ferme. Il y a là la mère, les six frères et sœurs, et Huguette.

Le tonnerre gronde et la pluie ne se décide pas à tomber. Par moments, la lampe vacille. Puis tout à coup, plus de courant, le noir total. Dans un coin de la salle à manger, le jeune Lucien se sent soudain tiré en arrière. Quelqu'un lui prend le bras et murmure : « Chut... ne dis rien... viens avec moi. »

La mère a dressé l'oreille. Dans son coin, il lui est difficile de se rendre compte de ce qui se passe. Le temps de trouver la première bougie, et Lucien n'est plus là; mais la mère a senti qu'il se tramait quelque chose d'anormal, et une femme se trompe rarement dans ces cas-là. Elle se lève, cherche un moment, guidée par son instinct. Et elle les trouve dans la buanderie, ou plutôt elle devine qu'ils sont là, tous les deux, dans le noir : la femme de son fils aîné et son gamin de quinze ans, son gamin à elle.

Il aurait mieux valu qu'elle suive sa première idée : entrer, et gifler tout le monde. Mais elle hésite et le temps d'hésiter, il est trop tard pour intervenir, la honte est trop forte.

Une heure plus tard, sous la lumière revenue, les deux femmes s'affrontent du regard. Elles savent toutes les deux que l'autre sait ce qui s'est passé. Et toutes les deux, elles se taisent.

Le gamin tente de prendre l'air faraud (quoi faire d'autre à quinze ans ?) mais la tension est telle qu'il finit par se sauver dans le jardin. S'il est devenu ce qu'on appelle un homme en quelques minutes, il se doute bien que l'ère des taloches n'est pas terminée pour autant.

A sept heures du soir, Charles rentre, embrasse sa femme et sa mère, raconte sa journée et plaisante. Huguette est souriante et détendue. Elle a cru comprendre que la mère n'oserait pas dire ce qu'elle sait. Et la mère n'oserait pas, c'est vrai, si Huguette n'était pas si gaie et si provocatrice.

Mais son attitude est un véritable défi, et la mère n'y résiste pas. Dans la cuisine, à voix basse pour que la coupable ne l'entende pas, elle vide son cœur :

« Mon fils, ta femme est une garce ! Demande-lui donc ce qu'elle faisait dans la buanderie tout à l'heure avec ton frère, avec Lucien ! Un gosse ! Demande-lui !

– Qu'est-ce que tu racontes, maman ? Que veux-tu qu'elle fasse ?

– Je les ai vus, ils s'embrassaient, et le reste... Je les ai vus, je te dis... »

Charles pâlit, incrédule il contemple sa mère :

« Tu exagères, c'était sûrement rien, une bêtise... pour jouer.

– Je ne suis pas aveugle. Je sais ce que j'ai vu. Qu'est-ce que tu vas faire ?

– Rien. Rien du tout. Qu'est-ce que tu veux que je fasse ? »

Et Charles ne dit rien. Ne fait rien. Il n'en parle même pas à Huguette, comme s'il avait peur de savoir.

C'est à partir de là pourtant qu'Huguette va *vraiment* tout faire pour pousser à bout la patience de son mari.

Le soir même de cet incident, en se promenant dans le jardin, passant et repassant devant la fenêtre ouverte de la cuisine, Huguette se met à fredonner ce qui va devenir son leitmotiv. Ce détail n'est pas le fruit de l'imagination d'un avocat ou d'un journaliste, il faut le préciser car il est énorme. Huguette chante *Il est cocu le chef de gare*, tout simplement.

Charles l'observe. Il tente même de la regarder dans les yeux, mais Huguette ne se détourne pas et continue son refrain stupide, un sourire au coin des lèvres : « Il est cocu... le chef de gare... »

Elle le siffle le lendemain matin en faisant sa toilette, le chantonne le soir en mettant la table. C'est tellement énorme que Charles n'y croit pas. Une femme ne peut pas chanter à son mari « Tu es cocu... », c'est impossible...

Une semaine plus tard, un samedi après-midi, Charles rentre de sa répétition à la fanfare locale, son tambour sous le bras. Il trouve sa mère en larmes, effondrée au milieu de ses casseroles.

« Cette fois, mon pauvre Charles, c'est grave ! Ta femme...

– Quoi, ma femme ?

– Elle couche aussi avec ton frère ! »

Et Charles a cette question naïve :

« Lequel ? »

A croire qu'il s'attend à tout. Cette fois, c'est Marcel, son cadet d'un an. Et la mère donne des détails :

« Cet après-midi, j'ai entendu grincer la porte de votre chambre. Je me suis doutée qu'elle allait faire un mauvais coup. Je l'ai suivie, elle est allée directement ouvrir la porte de la chambre de Marcel. J'ai écouté derrière, je ne pouvais pas m'en empêcher. Je les ai entendus rire et chuchoter...

– Et alors, ça ne veut rien dire.

– Mais tu es stupide, ma parole ! Moi non plus, je ne voulais pas le croire, mais j'ai ouvert la porte, d'un seul coup, et ils étaient en chemise, et dans le lit de Marcel ! Tu comprends ? Dans le lit de ton frère ! Devant moi, sous mes yeux !

– Qu'est-ce que tu as fait ?

– Je leur ai dit de sortir de là...

– Et Huguette, qu'est-ce qu'elle a fait ?

– Elle est sortie en se fichant de moi.

– Alors, il ne s'est rien passé ?

– Le soir si, juste avant que tu rentres. Ils sont montés se coucher, et cette fois-ci la porte de Marcel était fermée à clef, mais j'ai tout entendu derrière la porte ! Cette fois, tu vas faire quelque chose, Charles ! Tu ne peux pas te laisser ridiculiser comme ça ! »

Charles respire un grand coup :

« Bon, je vais lui parler ! »

Huguette dort tranquillement dans la chambre conjugale. Et c'est parce qu'elle dort que Charles sent tout à coup la colère l'envahir. Oh ! une petite colère, il n'est pas violent. Il secoue Huguette juste un peu fort pour lui faire peur :

« Qu'est-ce que tu as fait avec Marcel ? »

Huguette a la réponse tranquille :

« J'ai couché avec lui. D'ailleurs, je veux divorcer et me marier avec ton frère. Je l'aime. Autant que tu le saches... »

Il y a un grand et long silence. Charles sait bien qu'elle n'aime personne, sauf elle. Cette garce a le diable au corps tout simplement. Peut-être n'aurait-il rien fait de plus si Huguette, en se levant pour aller boire à la cuisine, ne se remettait à chanter : « Il est cocu le chef de gare. » Alors, il serre les poings et se jette à l'eau :

« Cette fois, tu vas partir. Je te ramène demain chez tes parents. Ça ne peut plus durer.

– Il est cocu le chef de gare », continue à fredonner Huguette.

C'est plus que de la provocation. A ce stade-là, normalement, Huguette mériterait un certain nombre de paires de claques. Ou du moins, de prendre la porte sur-le-champ, avec ou sans valise.

Mais Charles est d'une patience, d'une gentillesse et d'une faiblesse aussi... à toute épreuve. Enfin, disons que la dernière épreuve n'est pas encore celle-là. Il ne la frappe pas, il ne la jette pas dehors, mais le lendemain il la ramène courtoisement chez ses parents. En leur disant la vérité d'ailleurs, quelque chose comme : « Je vous rends votre fille, elle me trompe vraiment trop avec mes deux frères. »

Et Charles passe quinze jours à se morfondre et à traîner sa misère. Il est malheureux, il aime cette femme. Il a beau être bafoué, comme rarement un homme peut l'être, il a beau se dire que c'est une « ci », et une « ça », sa mère a beau lui répéter qu'elle fera son malheur, il la regrette. Un beau matin, il se décide :

« Je vais la chercher. »

La famille, accablée, tente vainement de le dissuader, ses deux frères en tête, qui sont bien placés pour le mettre en garde :

« Ecoute-moi, Charles, dit Marcel, c'est elle qui est venue me provoquer. Je ne voulais pas. Elle recommencera ! Laisse-la où elle est.

– J'ai rien fait, moi, ajoute le suivant, c'est elle qui m'a traîné dans la buanderie. Je ne savais pas. »

Mais Charles est décidé :

« Si elle veut bien changer, nous irons vivre ailleurs, seuls, tous les deux. »

Hélas ! Ses bonnes intentions sont curieusement accueillies : sur le pas de la porte de ses parents, Huguette regarde arriver dédaigneusement ce chien battu de mari. Elle fredonne l'éternel refrain de tous les cocus du monde. Charles y va quand même de sa proposition.

« Non ! dit Huguette. Je veux divorcer.

– Tu veux te marier avec mon frère ?

– Non ! j'aime un autre homme, il s'appelle Saïd Ahmed. Il est beau, il vient d'Afrique, je vais me marier avec lui.

– Mais enfin, Huguette ! La semaine dernière, c'était mon frère que tu aimais, on ne change pas d'amour comme ça ! Tu dis ça pour me faire de la peine...

– Non, je vais habiter avec Saïd chez lui, là derrière, va-t'en ! Laisse-moi tranquille. »

Et elle fredonne, elle fredonne devant ce pauvre imbécile qui la regarde, les bras ballants, les larmes aux yeux, malade de jalousie. Une jalousie qui va au-delà de ses possibilités.

Le voisin, le facteur, ses frères, tout, il aurait tout supporté. Mais Saïd Ahmed, c'est la goutte d'eau... un vieux fond de racisme fait des remous dans le cœur de Charles; c'est comme une brûlure insupportable...

C'est bête, mais il fallait qu'Huguette aille jusque-là pour que ce brave garçon arrive au bout de son extraordinaire patience. Cet homme se serait appelé Pierre ou Paul, il n'aurait pas eu le teint bronzé, soyons sûrs que Charles... n'aurait pas étranglé Huguette.

C'est à cette minute, en entendant ce nom, que le garçon de dix-neuf ans devient un assassin. Il dit :

« Si je partais pour Paris, et que je t'emmène en voyage avec moi, tu viendrais ? Tu le laisserais ? »

Huguette est aussi vénale que nymphomane. Ses yeux brillent :

« Tu m'achèterais des robes ?

– Je t'achèterai des robes, mais tu laisseras Saïd Ahmed ?

– Je reviendrai plus tard, il m'attendra ! On part quand ? »

D'une voix morne, Charles dit :

« On partira demain matin... »

Le soir, il écrit pour ses parents une lettre, qu'il garde dans sa poche et ne postera que le surlendemain sur un quai de gare :

Chers parents, frères et sœurs,

Je vous demande pardon pour le mal que je vais vous faire. Je perdrais le divorce parce que je suis le mari et que je travaille, mais comme cela il y aura quelqu'un qui paiera. Ma femme est trop « putain » pour que je lui pardonne. Je ne veux pas payer le divorce, vu que c'est elle qui m'a trahi. Je ne veux pas non plus me battre en Indochine. Je serais bête de souffrir pour elle. La justice des hommes n'est pas assez juste pour punir une putain. Alors, j'ai décidé de faire justice moi-même.

A Paris, ils passent la nuit dans un hôtel du boulevard Rochechouart. Huguette fait la coquette, se refuse, insiste sur les qualités de son nouvel amant, précise que c'est lui désormais qui a la « priorité ». Et, pardonnez ce dernier détail, c'est au lit qu'elle fredonne pour la dernière fois, en le regardant bien dans les yeux : « Il est cocu le chef de gare. »

On peut croire Charles, ça ne s'invente pas des choses pareilles.

Le lendemain, après l'avoir emmenée au restaurant et au cinéma, Charles décide de prendre le train et dit à Huguette :

« Je t'emmène à la mer... »

Huguette bat des mains, elle est ravie. Sur le quai, Charles poste sa lettre. Ils descendent à Noyon.

« Viens... on va se promener en attendant la correspondance... »

La forêt n'était pas loin. Une dernière tentative de réconciliation sur l'herbe la fait éclater de rire :

« Tu n'as pas honte de passer après Saïd ? »

Les mains de Charles se sont resserrées sur le cou de sa femme. Elle a dix-huit ans... Elle rit encore...

Il appuie. Elle ne bouge plus.

Puis, il l'allonge soigneusement, à l'ombre, met son sac sous sa nuque brisée et recouvre le visage de sa veste.

« Parce qu'il y avait des moustiques... » dira-t-il pauvrement.

Et il reprend le train, rentre chez lui, rencontre son frère, à qui il dit : « Va prévenir la mère, j'ai étranglé Huguette. » Puis il se rend à la gendarmerie.

Rapport du gendarme :

« Nous recevons la visite d'un jeune homme originaire de S. disant se nommer Charles X., venu pour nous faire une communication urgente et grave. Ce jeune homme, de mise convenable et apparemment troublé, déclare :

« Je viens me constituer prisonnier. J'ai tué ma « femme. »

« Puis, il se met à pleurer, donnant ainsi un caractère sérieux à cette communication. »

Pauvre Charles ! Il a passé son temps à pleurer devant le procureur qui réclamait la perpétuité, pour préméditation. Et les jurés ont décidé qu'elle commençait, cette préméditation, au moment où Charles avait posté sa lettre sur le quai de la gare.

Verdict : dix ans de travaux forcés.

Sans cela, ils auraient probablement admis le crime passionnel et l'acquittement... mais, dans un cas pareil, c'est quoi au juste, la préméditation ? Ça commence où ?

LE TALENT DE VICTORINE

Le crime ne paie pas. En tout cas, le crime connu, car il y a peut-être de par le monde des criminels dont les forfaits sont inconnus, et qui profitent actuellement de leurs biens mal acquis.

Celui-ci a payé. Et non seulement il a payé, mais c'est un crime parfait. D'autant plus parfait qu'un témoin a pu le raconter devant un tribunal sans que ce tribunal puisse condamner l'assassin, Victorine.

Mais peut-on dire l'assassin, puisque Victorine n'est pas une criminelle (devant les hommes en tout cas) ? Devant Dieu, c'est une autre affaire...

Voici le témoin principal, le personnage vedette sans qui jamais nous n'aurions pu connaître les détails qui vont suivre : c'est Berthe.

Ah ! Berthe, c'est quelqu'un... Soixante-quinze ans, bonne à tout faire venue de Bretagne en 1901, la grande époque.

Berthe ne se sépare jamais de sa petite coiffe de dentelle blanche. Elle doit dormir la nuit avec ce petit cornet rigide sur la tête. En dessous, une bouille ridée, des yeux trop petits, bridés, et un nez tortueux. Le tout perché sur un mètre cinquante environ et noyé de jupons noirs.

Il y a vingt ans que Berthe sert Mme Chapuis et M. Chapuis, ses maîtres, dans une charmante maison campagnarde, située aux environs de Marly-le-Roi. Un rêve de verdure au début de ce siècle. C'est la retraite : M. Chapuis, ancien comédien du théâtre de la Monnaie, à Bruxelles, a résolu de la passer en France. Il est bien malade. Sa femme l'entoure de mille petits soins. Tous deux ont le même âge, soixante-douze ans. Mais madame ne les avoue pas. Madame a toujours voulu paraître bien plus jeune que monsieur : une femme de comédien doit rester coquette.

Ce sont deux vieux amoureux charmants qui auraient bien du mal à vivre l'un sans l'autre, et c'est pourtant ce qui les guette. Le 4 août 1901, M. Théophraste Chapuis, artiste, s'éteint doucement. Le désespoir de sa femme fait peine à voir.

Berthe en portera témoignage :

« Madame ne cessait de répéter qu'elle rejoindrait monsieur dans l'autre monde, aussi vite qu'elle le pourrait... « Attends-moi, Théophraste, qu'elle « disait. Je supplie Dieu de me conduire vers toi »...

Pauvre Berthe ! Elle pleure en racontant cela au juge d'instruction. Donc, Chapuis est mort, il laisse sa veuve dans une certaine aisance, une petite maison, quelques rentes, quelques titres, des bijoux, des meubles précieux. Pas la fortune, mais une bonne tranquillité.

Berthe est donc seule avec madame, et la vie est bien triste à partir de ce jour-là.

Pendant ce temps, à Bruxelles, le facteur apporte au domicile de M. et Mme Martin un faire-part de décès. C'est Mme veuve Chapuis qui informe de son malheur Mme Martin, une vieille connaissance bruxelloise.

Mme Martin, c'est Victorine. Et Victorine a ce que l'on appelle de la présence d'esprit. On peut imaginer ce qu'elle déclare à son mari, au reçu du faire-part de décès :

« Cette pauvre Mme Chapuis, cette malheureuse et excellente amie, doit se sentir bien seule. Je cours lui apporter le secours moral dont elle a besoin. »

Pour tout dire, Victorine n'attendait que cela. Du

vivant de M. Chapuis, elle n'aurait jamais franchi le pas de sa porte. M. Chapuis n'aimait pas Victorine, et la traitait volontiers de vieille folle. Vieille... il est vrai que Victorine approche de soixante-dix ans, mais folle, c'était injuste, car Victorine n'est pas folle.

Six jours après la mort de M. Chapuis, le 10 août, Victorine débarque à la gare de Marly, et prend le chemin du hameau de Lionval, pour aller rendre visite à la veuve désolée. C'est Berthe, la vieille bonne, qui la voit arriver sur le chemin. Elle la décrit ainsi :

« Une sorte de vieil oiseau de malheur, tout habillé en noir, maigre comme un chien affamé, avec un balluchon. On aurait dit une pauvresse ! »

Bien qu'assez imagée, la description de Berthe manque un peu de précision. Victorine a une tête d'oiseau, c'est vrai, mais il faut ajouter : d'oiseau de proie.

Rares sont les humains qui ont eu l'occasion de regarder un vautour dans les yeux. Ceux-là peuvent considérer qu'ils possèdent l'image parfaite de Victorine.

Les deux yeux ronds, un peu rapprochés au-dessus du bec, le regard, noir et or, gênant à force de fixité, un teint jaune, une bouche pincée, des mains pâles et griffues, une maigreur squelettique, une allure de perpétuelle affamée, c'est tout Victorine.

Entre Berthe, la bonne bretonne toute ridée, et Victorine, vautour inquiétant en visite d'amitié, Mme Chapuis reste et demeure une brave et bonne personne complètement stupide.

Depuis une semaine, les trois vieilles femmes, la veuve, Berthe et Victorine, vivent donc ensemble dans une sorte de convalescence de deuil.

Un soir, en apportant la tisane, vers sept heures, Berthe se heurte à la porte du salon : fermée. C'est étrange. La bonne hésite, considère que la chose est suffisamment exceptionnelle pour mériter une décision exceptionnelle, et regarde par le trou de la serrure.

Elle ne veut pas épier, mais simplement voir si la clef est à l'intérieur. D'ailleurs, elle ne voit presque rien, seulement sa maîtresse assise à une table et la robe noire de Victorine, non loin d'elle.

Bien qu'elle se défende de toute curiosité malsaine et qu'elle soit rassurée sur la présence des deux femmes derrière la porte fermée, Berthe, qui a de mauvais yeux mais l'ouïe fine, colle son oreille sur le battant de la porte.

Une voix étrange, rauque et inconnue parle :

« Je suis le bon docteur, que Mme veuve Chapuis entende mes conseils : il est très mauvais pour sa santé de boire le vin de la cave. Ce vin est vieux, il doit disparaître. »

La vieille Berthe n'en croit pas ses oreilles. Elle n'a vu venir personne, d'ailleurs personne ne vient jamais. Or, il y a là apparemment un docteur qui parle à madame. C'est donc que madame est malade. Cela n'a rien d'étonnant, elle a le cœur bien fatigué...

Berthe frappe à la porte du salon. Frappe encore, et encore. Au bout de quelques minutes, c'est Victorine qui lui ouvre.

« Mme Chapuis est fatiguée, donnez-moi ce plateau et allez vous couchez. Merci, bonsoir... »

Le lendemain matin, remue-ménage dans la maison. Victorine, les manches retroussées, transporte une par une, et soigneusement, toutes les bouteilles qui constituaient la cave de M. Chapuis. Une bonne centaine de bouteilles de vins fins et d'alcool, une vraie petite fortune pour amateur compétent. Bientôt, Victorine a lourdement chargé une petite carriole et disparaît pour la journée.

Mme Chapuis ayant surveillé elle-même l'opération, Berthe ne juge pas utile de connaître le pourquoi du comment. Il faut dire que Berthe est d'une grande simplicité d'âme.

Le lendemain soir, à la même heure, la porte du salon est à nouveau fermée. De même le surlendemain. Et Berthe va de surprise en surprise. Chaque fois qu'elle tend l'oreille, il y a quelqu'un dans le salon. Et, régulièrement, le jour suivant Victorine disparaît pour la journée, emportant avec elle une pile de draps, une malle de vêtements, un meuble ou de l'argenterie. Peu à peu la maison se vide. Mais un beau jour le contraire, si l'on peut dire, se produit : Victorine revient de l'un de ses mystérieux voyages avec une carriole chargée. Ce qu'elle amène n'a rien de commun avec ce qu'elle a emporté, d'ailleurs. Une table branlante, quelques chaises, un vieux fauteuil, une malle. Il apparaît clairement que le mobilier a changé de mains et que Victorine s'installe à demeure chez Mme Chapuis avec ses affaires. De toute évidence, son entreprise de consolation charitable ne va pas s'arrêter là.

Berthe devient alors méfiante. Elle n'ose rien dire, mais sa curiosité augmente et un soir, enfin, va se trouver récompensée.

L'oreille collée à la porte du salon comme d'habitude, Berthe entend une autre voix d'homme tenir des propos extraordinaires. La voix s'adresse à Mme Chapuis et la tutoie :

« J'ai une bonne nouvelle à t'annoncer. Tu ne vivras pas au-delà de l'année 1904. Prépare-toi et mets tes affaires en ordre. »

C'est incroyable et même horrifiant, mais l'oreille de Berthe en est sûre, sûre et certaine, cette voix c'est celle de M. Chapuis. Mort et enterré depuis maintenant plusieurs mois ! Berthe en est tellement bouleversée que, pour la première fois de sa vie, elle se mêle de ce qui ne la regarde pas !

« Madame ! Madame ! Au secours ! J'entends monsieur qui parle ! »

Elle tambourine si bien à la porte que Mme Chapuis lui ouvre et, gentiment, lui explique :

« Mais oui, Berthe, c'est monsieur qui parle. Inutile de crier, vous nous dérangez !

– Mais, madame, il est mort !

– Oui, Berthe, il est mort. Mais il me parle ! Vous ne pouvez pas comprendre. Il arrive que les morts puissent nous parler. Victorine sait toutes ces choses. Grâce à elle, j'ai retrouvé mon mari. Il me parle chaque soir, et je peux lui demander conseil. Bientôt j'irai le rejoindre... »

Oh ! Berthe n'aime pas ça du tout. D'autant plus que dans le fond de la pièce, Victorine, l'oiseau de malheur, la regarde fixement comme si elle allait la transpercer :

« Il ne faut pas parler de tout cela, Berthe. Et madame ne recevra personne chez elle désormais. M. Chapuis n'aimerait pas cela. »

La voix est normale, c'est la voix de Victorine, sa voix habituelle. Et il n'y a personne d'autre dans la pièce.

Conclusion, selon Berthe : c'est de la sorcellerie. Il n'y a que les sorcières pour faire parler les morts. Et Berthe a bien entendu parler M. Chapuis. Sans aucun doute possible, c'était sa voix. D'ailleurs, elle l'entendra souvent désormais. Presque tous les soirs. A tel point que cela n'a plus rien d'inquiétant, on s'habitue à tout. Même à voir tourner le guéridon du salon amené par Victorine.

Malheureusement, Berthe n'a pas le droit de participer à ces séances d'outre-tombe. On ne lui ouvre plus la porte à présent. Sa seule ressource pour se tenir au courant est de coller l'oreille à la serrure.

C'est ainsi qu'elle entend parler M. Chapuis de diverses choses. Il semble que le brave homme ait repris en main les affaires domestiques. Il lui arrive même de se disputer avec sa femme. A ce sujet, le commentaire que fera le témoin Berthe, plus tard devant le tribunal, est plein de bon sens :

« C'est la chose qui m'a le plus frappée. D'habitude, de son vivant, monsieur était toujours d'accord avec madame. Une fois mort, il ne l'était plus tellement. Il lui disait toujours de faire le contraire de ce qu'elle voulait faire... »

Voici d'ailleurs un exemple de dialogue rapporté par le témoin à ce sujet :

« Tu ne dois pas laisser tes valeurs à la banque !

– Mais, Théophraste, c'est toi qui avais décidé...

– J'ai changé d'avis. Tu dois les vendre, et confier l'argent à Victorine. Victorine sait très bien ce qu'il faut en faire, je lui ai tout expliqué. Toi, tu ne comprends rien à ces choses-là... »

Autre exemple :

« On m'a dit que tu voulais vendre la maison à notre nièce ? Et que tu voulais habiter chez elle ?

– C'est toi qui me l'avais conseillé avant de mourir, Théophraste !

– Tu ne dois plus voir la famille. Et tu ne dois pas aller habiter ailleurs. Chacun a ses habitudes. Tu ne t'entendras pas avec eux. »

Un jour, un étranger se présenta chez Mme Chapuis, envoyé par son notaire, pour acheter la maison. L'esprit de M. Chapuis se manifesta le soir même avec une certaine mauvaise humeur :

« Je t'interdis de vendre la maison !

– Mais, Théophraste... Je serai mieux dans une maison de retraite.

– Non ! Ici, je ne te quitte pas. Je suis toujours avec toi. Tu n'as qu'à m'appeler et j'arrive. Tu es chez toi et libre de faire ce que tu veux. Ailleurs, je ne pourrai pas venir... »

Bien qu'ayant promis de ne rien dire, Berthe laissa échapper quelques commentaires dans le village. Certains habitants s'inquiétaient en effet de ne jamais voir Mme Chapuis. Ni à l'église, ni au cimetière, elle que l'on savait si pieuse et si fidèle à la mémoire de son mari.

« Justement ! dit Berthe, madame n'a pas besoin d'aller sur la tombe de monsieur... Elle lui parle tous les soirs. C'est Victorine qui fait le médium.

Madame dit que c'est un bon médium. Il n'y a qu'elle qui sait comment faire parler monsieur... »

Insensiblement, insidieusement, dans le village, Victorine devint tout d'abord « la tireuse de cartes », puis « la tourneuse de tables », puis « la sorcière », et l'information fait son petit bonhomme de chemin jusqu'aux oreilles de membres de la famille de Mme Chapuis, une nièce et son mari.

Tous deux, inquiets, se présentent un jour à la porte de la maison de Lionval pour prendre des nouvelles de leur tante. Berthe est chargée de les éconduire. Mais comme ils insistent, c'est Mme Chapuis elle-même qui leur signifie :

« Mon mari ne veut pas que je vous voie. Laissez-moi en paix ! Je dois mourir bientôt pour aller le rejoindre, allez-vous-en ! »

Ainsi mise à la porte, et ne sachant plus que faire, la famille va consulter le médecin traitant de Mme Chapuis. Mais celui-ci n'est pas trop inquiet. A son avis, la pauvre femme a le cœur usé, il la voit régulièrement et lui donne un traitement correspondant à son état. A son âge, bien sûr, et vu l'état cardiaque, tout peut arriver ! Quant à la présence de Victorine la sorcière, le médecin sourit avec indulgence :

« Rien de dangereux, rassurez-vous ! Cette femme lui donne peut-être ses dernières joies. Faire tourner les tables n'a jamais tué personne, et si votre tante est persuadée de parler à son mari, ne la contrariez pas ! A quoi bon ? Ces histoires de sorcières sont des ragots de campagne... »

Bien évidemment, à part Berthe, tout le monde ignore ce qui se dit pendant les conversations d'outre-tombe. Et ce que le médecin ignore aussi, c'est que Mme Chapuis, convaincue par son mari de ne pas prendre les médicaments prescrits, ne va même plus les acheter à la pharmacie. C'est logique puisqu'elle doit mourir le plus vite possible pour le rejoindre. Donc, elle n'a pas besoin de médicaments pour soutenir son cœur.

A ce sujet, les conversations se font de plus en plus précises entre l'époux défunt et l'épouse impatiente :

« Tu me rejoindras bientôt. Ce sera pour cet hiver. Tu dois faire un testament. Ne donne rien à la famille. Ne donne pas le piano que tu leur as promis. Il se moquent de toi. Moi qui suis en haut et qui vois tout ce qui se passe sur terre, je sais bien qui tu dois récompenser... »

Et, en suivant le regard du fantôme, on trouve bien évidemment Victorine !

Epilogue : le 20 décembre 1904.

Selon Berthe, la conversation de la veille entre madame, vivante, et monsieur, défunt, fut fort troublante.

« Monsieur a dit qu'il fallait jeter tous les flacons de poison. Je n'avais jamais entendu monsieur parler de poison avant ce soir-là. Mais je n'ai pas écouté tous les jours. Pendant trois ans, vous pensez bien ! Je n'avais pas que cela à faire ! Monsieur a dit aussi : « Ce sera pour ces jours-ci... Je t'attends. Ne « t'inquiète pas !... »

Au juge qui lui demande pourquoi elle ne s'est pas inquiétée de cette menace de mort qui pesait sur Mme Chapuis, Berthe répond simplement :

« Depuis le temps que monsieur racontait toutes ces bêtises... Je n'y croyais plus. »

Donc, le 20 décembre 1904, pour la première fois depuis l'arrivée de Victorine dans sa maison, Mme Chapuis... sort de chez elle, de bon matin, apparemment en bonne santé.

Elle se dirige vers la gare, et prend le train pour Saint-Germain. Là, on le saura plus tard, Victorine possède une très belle maison, achetée on ne sait comment. Ce qu'elle va faire à Saint-Germain, Berthe ne le sait pas. Et si Berthe ne le sait pas, nous ne le saurons jamais.

Deux heures après, Mme Chapuis revient. Elle descend du train, toujours en bonne santé, traverse le village et rentre chez elle. Le soir même, on apprend sa mort subite.

Prévenue par la rumeur publique, la famille (la nièce et le neveu) arrive le lendemain matin.

Berthe est en larmes, Victorine boit son café. La maison est vide. Complètement vide. A part les meubles pouilleux amenés par Victorine, tout a disparu. Vide, comme une maison que l'on s'apprête à quitter !

D'ailleurs la maison est vendue.

« A moi ! précise Victorine. Renseignez-vous chez le notaire. »

Apprenant par Berthe, sanglotante, que « madame devait rejoindre monsieur ces jours-ci... », la famille, sûre de son fait, avise le parquet, dépose plainte pour escroquerie et assassinat, et réclame vengeance !

Patiemment interrogée, Berthe raconte tout ce qu'elle a entendu. Et de ce qu'elle n'a pas entendu, la police déduit le reste...

On fouille ce qui reste dans la maison et on trouve des quantités invraisemblables de poisons divers, de flacons vides, dans les cendres de la cheminée, dans la fosse d'aisance et dans le jardin...

Cette fois, la présence d'esprit de Victorine ne la sauvera pas ! La sorcière de Lionval doit répondre de son crime !

Elle répond avec la plus grande simplicité. Face aux policiers et à la famille, ses deux petits yeux ronds, noir et or, ses deux petits yeux ronds de vautour fixant tout le monde sans le moindre embarras :

« Je n'ai tué personne. Ces poisons, ce ne sont que les médicaments de ma pauvre amie que, d'ailleurs, elle ne voulait pas prendre. C'est elle qui les jetait. C'est elle qui m'a donné ses affaires, de son plein gré ! Et j'ai acheté la maison. Voici l'acte, il est en bonne et due forme. »

Il est dit dans cet acte, daté du 19 septembre 1902, que Mme veuve Chapuis a vendu à Mme Victorine Martin la maison de Lionval pour une somme de dix mille francs payée comptant, avant la vente, et hors la vue du notaire. Signée authentiquement.

« Hors la vue du notaire »... C'est le seul doute. Lui seul permettra au tribunal correctionnel de condamner Victorine, le 23 juin 1904, à quatre ans de prison et deux cents francs d'amende. Sur appel de la « sorcière », la Cour de Paris réduisit d'ailleurs la peine à dix-huit mois en maintenant les motifs : « Tentative d'escroquerie à l'aide de spiritisme ».

Et le crime ? Mme Chapuis est morte ! Pratiquement à la date prévue par l'esprit de son mari. Après un mystérieux voyage chez la sorcière...

Pas de crime ! L'autopsie est formelle : « Madame Chapuis est morte d'un arrêt cardiaque. »

Une mort naturelle, consécutive à l'état de son cœur, les médecins sont d'accord sur ce point.

Il reste à imaginer comment on peut mourir d'une crise cardiaque, sur un ordre de son mari venu de l'au-delà.

Victorine avait bien du talent pour son âge.

DE L'INÉLUCTABLE

Marc avait six ans en 1932, pas encore l'âge de raison mais déjà celui d'entrer dans les faits divers. De force, bien entendu. D'y entrer, d'essayer d'en sortir et d'y entrer à nouveau, pendant des années, toujours pour la même raison.

De l'âge de six ans à celui de trente-deux, de l'âge d'enfant à celui d'homme, Marc n'a pu faire autrement. Il n'a pu être autrement... qu'un personnage vivant dans l'inéluctable.

Rien ne pouvait se passer autrement pour Marc. Il devait faire ce qu'il a fait, ce qui n'est pas une excuse mais une constatation, dure pour tout le monde.

Quand on a six ans, une grand-mère c'est important, rassurant. En aucun cas cette grand-mère n'est censée vous faire du mal. Marc a une grand-mère, chez qui il vit depuis toujours, aussi loin qu'il se souvienne.

Un jour, grand-mère a pris le gamin par la main et lui a dit :

« Marc, écoute-moi bien. Tu es grand maintenant, je vais t'expliquer quelque chose. »

Marc n'était pas grand, beaucoup de choses, sûrement, lui ont paru trop compliquées mais il a parfaitement compris l'essentiel. Grand-mère a dit :

« Ta maman ne reviendra plus te voir. Elle est

morte. Ton papa a fait de vilaines choses. Il est en prison, très loin d'ici. »

Et pour terminer, sans plus de précautions oratoires, grand-mère a ajouté :

« Je ne peux plus te garder avec moi. Une dame va venir te chercher, elle t'emmènera dans une grande maison où il y a plein d'enfants, tu y seras beaucoup mieux qu'ici, et tu iras à l'école. »

Dans le genre tendre, on fait difficilement mieux !

Donc, ayant vaguement compris que s'il avait eu une mère, il n'en avait plus, que si son père existait il ne le verrait jamais, Marc s'en fut tout seul, comme un grand, rejoindre la grande famille de l'Assistance publique.

Léger avantage sur ses petits camarades, il était muni d'un vrai nom, celui de son père, et disposait d'une grand-mère pour quelques visites annuelles.

A bien y réfléchir, ce ne fut pas un tel avantage. Si Marc avait connu l'Assistance publique à six mois, sans nom, sans grand-mère, sans *rien,* comme la plupart des autres, rien ne serait arrivé d'affreux dans sa vie.

Mais avec des « si », on peut tout faire. A huit ans, Marc se retrouve placé dans une ferme. Il est censé aller à l'école du village le matin, et l'après-midi ramasser les pommes de terre, rentrer les vaches, empiler le bois, et le reste...

C'est avec amertume qu'il se souvient, des années plus tard, de ce bon temps-là :

« Le patron était une sale brute, il tapait sur tout le monde avec son sabot. Et j'en prenais plus souvent qu'à mon tour. De la soupe le matin, de la soupe le soir et du lard le dimanche. Pas de feu l'hiver. Je dormais dans le grenier avec le garçon de ferme. Quand on avait trop faim, on volait des noix. Une fois, le patron m'a surpris avec des noix dans ma poche. J'en ai boité pendant un mois. »

Dans son dossier d'« enfant assisté », comme on

disait à l'époque, au début de 1940 (Marc avait donc quatorze ans) il est noté une tentative de suicide :

« J'étais trop malheureux. J'ai arraché des feuilles de pommes de terre qui venaient d'être sulfatées et je les ai mangées, je voulais m'empoisonner. J'ai été malade. Ça n'a même pas servi à me faire changer de ferme. Tout juste un sermon, trois jours à l'hôpital, et une bonne rouste en rentrant. A cette époque-là, je pleurais beaucoup. »

L'année suivante, Marc a quinze ans. C'est la guerre, et la grand-mère en profite pour réapparaître.

Cette fois, c'est Marc qui questionne. Depuis des années qu'il est seul à tourner et à retourner dans sa tête de vagues souvenirs, il a besoin de savoir. Mère morte, père en prison, c'est tout ce qu'il a gardé dans sa tête. C'est beaucoup trop, ou trop peu.

Grand-mère, qui n'a pas revu son petit-fils depuis longtemps, ne demande pas mieux que de raconter. Et c'est une grand-mère qui raconte bien. Durement, mais bien.

Sa version des faits, reconstituée d'après les souvenirs de Marc, la voici, sinon dans les mots exacts, du moins dans l'esprit de la narratrice :

« C'est une longue histoire. Ta mère était ma fille cadette. Elle avait seize ans quand elle a rencontré ton père. On avait beau la surveiller, elle ne pensait qu'à ça. Ton père était commis de ferme, il avait dix-sept ans. Un jour, ce qui devait arriver est arrivé. Ce coureur de jupons a séduit ta mère. Enceinte à seize ans. Ton grand-père l'a enfermée à la maison, et on a envoyé les gendarmes chercher ton père ! Un vaurien sans famille, sans foi ni loi. Dieu fasse que tu ne lui ressembles pas ! Il est passé devant le tribunal pour détournement de mineure. On l'a acquitté ! A peine sorti du tribunal, il s'est bagarré avec tout le monde. On lui avait interdit de revoir ta mère, mais chaque fois qu'un garçon sérieux lui faisait la cour, il se battait avec lui. Il est allé trois fois en prison à cause de ça. Ensuite, on l'a envoyé faire son service militaire en Tunisie. Pendant un an, on a été tranquille. Ce qu'on ne savait pas, c'est qu'il continuait à écrire à ta mère en la menaçant de la tuer si elle le trompait pendant son absence. Rentré en France, il s'est débrouillé pour revoir ta mère. Juste au moment où on allait la marier avec un brave garçon. C'est là qu'il l'a tuée. Il l'a fait boire pour qu'elle ne se rende compte de rien et lui a tiré cinq balles dans le corps. On l'a envoyé au bagne pour ça. A Cayenne. C'est tout ce qu'il méritait. Il ne reviendra plus jamais. »

C'est vrai qu'elle raconte bien, grand-mère. Seulement, elle ne raconte que ce qu'elle veut bien raconter. C'est sa version à *elle.* Elle ment, volontairement et par omission.

Mais Marc grandit, persuadé que sa mère est morte, assassinée par son père.

La guerre ayant fait disparaître le seul membre de sa famille qu'il ait jamais connu, personne ne lui dira le contraire.

A dix-sept ans, pour échapper aux coups de sabot des fermiers et au centre d'apprentissage, il s'engage dans les F.F.I. C'est la seule communauté qui lui donnera l'impression de servir à quelque chose, et pour cause. Bon soldat, il rempile pour l'Algérie à la fin de la guerre et y reste jusqu'en 1946.

Il a vingt ans. Personne ne se bat plus contre personne, que faire ? Il rentre en France et là, tout d'un coup, se demande qui il est, d'où il vient et ce qui s'est passé. Les explications de la grand-mère ont fait long feu. Marc a besoin d'en savoir davantage.

La chose est relativement facile pour lui, car il a gardé en mémoire le nom d'un village et il porte son véritable nom. Bien d'autres que lui, issus de l'Assistance publique, sont partis à la recherche de leur identité avec beaucoup moins que cela. Pour Marc comme pour eux, c'est un instinct rarement étouffé.

Quel que soit l'homme, il a besoin de savoir qui est sa mère.

Un mètre soixante-cinq, le cheveu ras et l'air naïf, le voilà sur le quai d'une gare inconnue, sur la place d'un village qu'il suppose être le bon.

Personne ne sursaute sur son passage, pas de coup de théâtre, pas de murmures. Du moins, pas encore. Il apprend simplement que des gens qui portent le même nom que lui vivent ici. On lui montre la maison. Il la regarde de loin et soudain ne sait plus où aller. Cette maison le fascine et lui fait peur en même temps. Il préfère le café du village où tout l'après-midi, il va faire semblant de lire un journal et raconter qu'il attend quelqu'un pour se donner une contenance. A la nuit tombée, il n'a plus le choix. Plus de train, le café va fermer. Il frappe à la porte de la maison.

La scène est facile à imaginer :

« Je m'appelle Marc X., je voudrais savoir si je suis de la famille... »

Le temps de méfiance passé, la mise au point arrive et, en une heure, Marc se voit attribuer un oncle, une tante par alliance et quelques petits cousins à des degrés différents.

L'important, c'est l'oncle car c'est un oncle paternel. Marc a devant lui le frère de son père, puis une photo de son père, puis l'écriture de son père sur une carte de l'Administration pénitentiaire timbrée de Guyane. Ce sont les seules et dernières nouvelles du bagnard, il y a presque dix ans. Depuis, plus rien. Personne n'a répondu, personne ne sait s'il est toujours là-bas, s'il est mort, évadé, libéré. Rien.

Et l'oncle de conclure :

« Ça vaut mieux comme ça. C'était pas un mauvais bougre, mais il a assez souffert et assez fait de bêtises... »

Souffert ? Ça, c'était le premier mensonge de la grand-mère... En réalité, lorsque le père de Marc est rentré, c'était pour se marier et, en réalité, la mère de Marc n'était pas fiancée à un autre, c'était beaucoup plus grave : elle n'était fiancée à personne, mais à nouveau enceinte.

Un accident, disait-elle, et prise de remords, se disant toujours amoureuse, n'osant rien avouer à la famille, elle a tout simplement proposé le suicide. Le double suicide.

Ils sont partis tous les deux, se sont enfermés dans une grange et ont bu de l'alcool. Il a tiré cinq fois sur elle; pour lui, il n'a pas eu le courage. Seulement, personne ne l'a cru. Tout le monde l'a accusé de meurtre. Même elle, surtout elle.

Elle ? Ça, c'était le second mensonge de la grand-mère. *Elle* n'était pas morte !

Complètement assommé, ce jour-là, Marc à vingt ans apprend que sa mère a survécu aux cinq balles, maladroitement tirées. Et qu'elle a été la principale accusatrice au procès de son père. A tel point que le malheureux a voulu se suicider en prison. C'est seulement au bout de deux ans que, prise de remords ou poussée par la famille (les deux probablement), elle a demandé la révision du procès en avouant ce qui s'était réellement passé.

Il était trop tard, et le parquet n'estima pas ce revirement suffisant. Le père est resté en Guyane et elle a refait sa vie. Il paraît qu'elle a plusieurs enfants et qu'elle vit à côté de... Voilà, la famille a tout dit.

Et voilà notre homme nanti d'un passé et d'une mère. Est-il content ? Non, affolé ! Complètement affolé ! A tel point qu'il ne voit pas le grand piège tendu devant lui, et qu'il y fonce, tête baissée.

Le voici dans la ville où « elle » habite, dans la rue où « elle » habite, devant sa porte. Il n'hésite même plus. Il est là, comme un fantôme avec son extrait de naissance dans la poche, et vingt ans de retard d'affection, les bras ballants...

« Bonjour, madame, je suis Marc, je crois que je suis votre fils... »

L'imbécile! Il est tombé de lui-même dans le grand piège du mélo, les yeux fermés. Il ne veut même pas savoir tout ce qu'il y a derrière cette femme de quarante ans passés, un peu massive et à l'air méchant. Derrière ce sourire pincé par la peur et l'égoïsme.

Il ne veut rien voir d'autre que SA mère. Heureux d'avoir le même front, les mêmes cheveux, le même grain de beauté. Inconscient d'avoir aussi le nez et la bouche de son père, et de déranger.

Il est là à trépigner de tendresse tout seul. A accumuler les photos de famille : « Moi avec ma mère », « Moi avec mes sœurs », « Ça, c'est la maison, et le jardin, et le chien, et la table de la salle à manger, et ci et ça »... un tourbillon.

La première claque ne résonnera même pas assez fort. Quand il demande à vivre avec elle, c'est non. Même si la maison est grande, même si le beau-père se désintéresse de la question et divorce. Ce n'est pas à cause de lui ce divorce, il se préparait bien avant qu'il arrive, mais peu importe, il le prend à son compte et décide que c'est sa faute... on aime ou on n'aime pas!

La deuxième claque est un peu plus brutale, quoique insuffisante.

Au bout de plusieurs mois, un beau matin, sans prévenir, elle n'est plus là. Elle est partie rejoindre quelqu'un. Elle n'a pas laissé d'adresse.

Et l'imbécile repart en campagne. Il cherche et il retrouve, il est à nouveau là, la joue tendue pour qu'on l'embrasse, le pied en travers de la porte ou presque, attendant qu'on l'aime avec obstination.

Cette fois, maman n'ouvre pas. Maman fait comprendre à son cher petit garçon qu'il l'agace. C'est doucereux mais ferme. Du genre :

« Tu es bien gentil, mais j'ai l'habitude de vivre sans toi depuis longtemps. Je t'aime bien, à condition de ne rien exagérer. Ecris-moi de temps en temps à Noël, et nous serons heureux... »

Les coups de sabot du fermier de son enfance étaient sûrement moins durs que ce coup-là.

Cette fois-ci, c'est l'Indochine, puis l'Afrique, puis l'Indochine à nouveau.

L'uniforme dans ces cas-là aide à digérer pas mal de choses. Et pour faire bonne mesure, c'est celui de la Légion étrangère. Un romantisme en vaut un autre.

On ne peut pas dire que Marc ne fasse pas d'efforts, à sa mesure, pour essayer d'oublier. Pendant huit ans, il va faire ce qu'il peut. Ecrire, déserter une fois pendant vingt-quatre heures, le temps d'un aller et retour en train pour voir sa mère. Puis réécrire. Et plus le temps passe, plus la solitude lui pèse, et moins sa mère lui répond.

Ayant épuisé les délices de la Légion, il rôde à nouveau autour du domicile maternel, occupé à cette époque par un nouveau beau-père. Sa présence, même épisodique, n'est nullement souhaitée, on peut l'admettre facilement, d'autant plus que le caractère de Marc devient de plus en plus agressif.

Par un beau dimanche de 1956, année de ses trente ans, il s'entend dire à ce sujet ce qu'il ne fallait surtout pas qu'on lui dise. Et encore moins sa mère.

« Tu es bien comme ton père ! Tu veux qu'on t'aime et personne d'autre en même temps que toi ! Tu sais où ça l'a mené ? Marie-toi et fiche-moi la paix, une bonne fois pour toutes ! »

Ça, c'est la dernière claque.

Pour s'en remettre, Marc va essayer de boire. Mais ça ne marche pas. Il va essayer de se marier, mais ça ne marche pas non plus. Quand il en arrive à parler de « sa famille » et de l'Assistance publique, la courageuse jeune fille prend la poudre d'escampette. Il est difficile de lui en vouloir, la tâche qui lui est proposée n'est sûrement pas à la mesure de ses forces. Aimer ce garçon autant qu'il le demande, l'aimer à la place de sa mère, de son père, de sa grand-mère, du monde entier finalement, c'est inhumain !

Pour Marc, c'était la dernière tentative. Il n'a plus la force de rien. Ou plutôt si : il n'a plus la force de demander qu'on l'aime, il n'a plus que celle de haïr. C'est logique.

Un soir, au cours d'une crise, il va démolir la porte d'entrée de la maison de sa mère à coups de pierre.

Elle porte plainte et Marc se retrouve devant le tribunal correctionnel, avec une amende pour bris de clôture. Pour la justice, l'incident est dérisoire, mais elle devrait se méfier. Tout le monde devrait se méfier car quelque chose recommence...

En sortant du tribunal, Marc va noyer cet affront dans les bars, pendant plusieurs jours, sans manger, dormant au hasard. Il cultive soigneusement son malheur, frappe une dernière fois à la porte de sa mère et elle le met une dernière fois dehors.

La suite se déroule pour lui dans une sorte de brouillard. Il récupère son revolver, celui du maquis, dans sa cantine et sort. Dans les toilettes d'un sous-sol, en vérifiant le fonctionnement de l'arme, il se blesse à la main gauche.

Peut-être fait-il exprès de se blesser d'ailleurs, il ne l'avouera jamais, mais c'est très possible, car cela lui donne un prétexte pour entrer à l'hôpital, car c'est à l'hôpital que travaille sa mère.

Il l'a croisée à la sortie de la salle de pansements, il montre sa main blessée et s'approche pour l'embrasser...

« Ah ! laisse-moi tranquille ! Tu ne vas pas recommencer ! »

Marc s'éloigne, sort de l'hôpital, rentre chez lui, boit pour se donner du courage, reprend son revolver, le remet dans sa poche, et retourne à l'hôpital.

Il attend que sa mère passe dans un couloir, s'avance doucement vers elle, lui passe un bras autour du cou, en silence, appuie sur la tempe droite et tire.

Le personnel se précipite, mais trop tard. La mère est morte et le fils tend son revolver, puis se laisse emmener sans résistance.

Il vient de réussir ce que son père avait raté, vingt-cinq ans plus tôt.

Et pourtant, l'assouvissement suprême va lui être encore refusé.

Marc ne sera condamné qu'à cinq ans de réclusion. Peine remarquablement mince, brillamment obtenue par son avocat, car en général on réserve les travaux forcés aux parricides ou une peine plus ou moins longue selon les circonstances atténuantes.

Mais il ne s'agit pas ici de circonstances atténuantes. Bien qu'elles existent, l'avocat de la défense s'est servi d'un fantastique argument juridique :

« Puisque cette femme, qui l'a mis au monde en 1932, a cédé ses droits à l'Assistance publique, peut-on dire que Marc a tué sa mère ? »

Ni l'accusation, ni la cour, ni le procureur, ne pouvaient réfuter cet argument.

Et la réponse fut non. Non, Marc n'a pas tué sa mère puisqu'il n'en avait pas. Il a tué quelqu'un. Une femme. Et les circonstances qui l'ont amené à tuer cette femme sont suffisamment atténuantes justement, puisque cette femme avait fait condamner son père.

Les jurés ont donc bien voulu considérer que Marc n'était même pas un parricide, même pas un fils qui a tué sa mère. Après avoir passé sa vie à la chercher, perdu le reste à la tuer, Marc se retrouvait les mains vides, plus vides encore qu'à l'âge de six ans. La justice a de ces ironies dont Freud aurait fait ses délices.

LA POUSSIÈRE DU CRIME

La salle du tribunal est glacée. Il fait froid. Froid partout. Dans les couloirs où attendent les témoins, dans les vestiaires où s'habillent les avocats, sur les bancs où s'assoient les jurés.

Dans son coin, le petit greffier grelotte et il a l'air de s'ennuyer. Le palais de justice de Landau, en Allemagne de l'Ouest, ne reçoit aujourd'hui que des voyous minables, accusés de crimes minables.

Sur son bloc, Wolfang, le greffier, écrit inlassablement la même phrase depuis quelques minutes.

« Ils sont minables, ils sont minables, ils sont minables... »

Il n'a rien d'autre à faire pour l'instant. Un avocat s'efforce de défendre un client minable. Sa plaidoirie est minable, comme tout le reste aujourd'hui. Voilà ce que pense Wolfang le greffier.

Mais il y a des jours où il aime son métier. Des jours où il croque, d'un crayon habile, la tête d'un criminel, sous le regard amusé du juge qui dit souvent :

« Mon greffier Wolfang a du talent. Sa collection de croquis d'audience est une merveille de justesse. »

A ces mots, le greffier baisse la tête d'un petit air gêné. Aujourd'hui, le pâle visage du voyou qui attend de connaître son sort ne l'intéresse pas. L'idiot a volé une arme dans un magasin de l'armée américaine et raté son premier hold-up à vingt ans !

Son avocat affirme que l'idiot voulait seulement épater ses copains. Il n'épate personne. Il a la larme à l'œil et fera six ans de prison. Le greffier Wolfang prend note du verdict. Il a hâte de sortir d'ici, ses pieds sont gelés, son nez est gelé... Il a toujours froid partout, froid jusqu'au plus profond de ses maigres os. Il a eu froid à l'école, pendant la guerre, froid chez sa mère, veuve de guerre sans pension. Une seule chose pourrait le réchauffer. Ne pas être minable, comme tous ceux-là qui défilent au banc des accusés. Qui se font prendre, juger, décortiquer, ridiculiser, emprisonner...

Un crime parfait, voilà qui ferait chaud au cœur du greffier Wolfang. Le juge lui sourit. S'il savait... Quelle horrible grimace ferait-il en serrant la main de son greffier !

Les combles poussiéreux du palais de justice abritent la salle des archives, et une pièce minuscule où le greffier Wolfang dispose d'un bureau. Il n'est que dix-sept heures, mais la nuit d'hiver est déjà tombée.

Wolfang allume l'ampoule qui pend lamentablement au bout d'un fil et éclaire un vieux bureau de bois encombré de dossiers. Il regrette cette cage de rat laborieux et consciencieux. Depuis cinq ans, Wolfang règne sur les archives du palais de justice où l'ont mené des études médiocres. Fonctionnaire, treizième mois, trois semaines de vacances et le droit de renifler la poussière du crime le reste de l'année.

Ce soir, Wolfang fait la poussière. Il range les dossiers noirs, aux étiquettes soigneusement calligraphiées par ses soins.

Dossier 6593 : WURNS Alfred. Meurtre. Un parricide sans caractère... Dix ans...

Dossier 8402 : SCHOLTZ Edmond. Assassinats, prises d'otages, demande de rançons... Vingt ans.

Dossier 2604 : KRANTZ Herbert. Tentative de viol et d'assassinat... récidiviste... Huit ans...

Dossier 3724 : ROMMER Emilie. Meurtre sans

préméditation. Circonstances atténuantes... Cinq ans...

Lentement, le greffier Wolfang essuie chaque dossier, le feuillette et contemple les photos de l'instruction. Lequel va-t-il choisir ? Il hésite depuis plusieurs semaines.

Wurms, le parricide, est sorti de prison il y a deux ans. Il est employé dans une manufacture d'emballage. Le greffier le connaît bien. Un soir, il l'a suivi à la sortie de la manufacture. Un petit, nerveux comme un coq de combat et agressif. Wolfang l'a longtemps regardé dîner de saucisses et de bière en compagnie d'un jeune homme aux manières ambiguës. Encore un que la prison n'a pas amélioré.

Le 8402, condamné en 1947, libéré conditionnel en 1965, vit avec une prostituée bien plus vieille que lui. Il n'est guère passionnant. Il se prétend malade des poumons et se contente de passer ses journées au bistrot à jouer aux cartes. Un parasite. Un gangster raté. Un souteneur de dernière zone.

Le violeur a une tête plus intéressante. Sorti de prison après quatre ans d'internement psychiatrique, il est retourné vivre chez sa mère, et voir son psychiatre. Il passe de l'un à l'autre avec la même obéissance et le même regard vide. Wolfang a réussi de lui l'un de ses meilleurs croquis.

C'était pour ses débuts de greffier. Il avait aimé le procès à huis clos. La victime aussi était intéressante. Une espèce de jeune vieille fille, pucelle et pleureuse, qui n'arrêtait pas d'avoir des malaises.

Reste le 3724. Une femme morne et triste, meurtrière d'un mari alcoolique qui la battait. Wolfang était au procès. La femme avait déjà fait deux ans de préventive. L'enquête avait été longue car elle avait commencé par nier. Mais le jour de sa condamnation, elle avait répondu oui à toutes les questions. Comme une bête de somme. Et les jurés s'étaient attendris.

Lequel choisir, parmi tous ces idiots incapables

d'accomplir un crime sans se faire prendre ? Pas plus malins qu'un gosse qui vole des confitures et dit « c'est pas moi » en se léchant les doigts ! Des minables, avec des mobiles minables.

D'ailleurs, tous les mobiles sont minables. C'est l'avis de Wolfang. Un criminel ne doit pas avoir de mobile. Il doit tuer comme à la guerre, sans raison valable, et en toute impunité ! Sinon, tout cela n'est que broutille et dossiers à poussière.

Le greffier range les dossiers les uns après les autres. Ce soir, il va quitter son bureau définitivement. Il n'emportera que ses croquis dans un carton. Et dans sa tête un seul nom, une seule adresse.

Une voix le fait légèrement sursauter :

« Bonjour, Wolfang, vous rangez vos affaires ? »

M. le juge n'a pas frappé, comme d'habitude. M. le juge, en son palais, se croit tout permis. Wolfang le déteste. Il le tuerait avec plaisir, si ce crime n'était pas idiot, trop évident et trop proche de lui. Il se retourne en souriant tristement :

« Je regrette de vous quitter, monsieur le juge...

– Vous êtes vraiment décidé ? Votre démission peut être annulée si je le désire, vous le savez...

– Je suis décidé, monsieur le juge. Le métier d'interprète me plaît. Je parle trois langues, et le salaire est plus conséquent... Ma pauvre mère est si heureuse.

– Et vous en apprenez une quatrième ?

– Oui, monsieur, pour entrer à l'OTAN ou au SHAPE il me faut quatre langues. Je parle anglais, russe, français et allemand, ma langue maternelle. Je vais apprendre l'espagnol... »

Le juge hoche la tête et y va de son petit discours d'adieu. Wolfang entend vaguement les mots « apprécié », « conscience professionnelle », « avenir »... Il pense à autre chose, sa future carrière. Il y aura d'autres dossiers, d'autres gens, d'autres projets. Un crime international, pourquoi pas ?

Commis par un inconnu sans motif politique... C'est cela le crime parfait...

M. le juge s'en va, en claquant la porte comme d'habitude. Et Wolfang réfléchit une dernière fois à son projet immédiat... Allons, puisqu'il hésite entre le 2604 et le 6593, une pièce fera l'affaire. Pile : le parricide, face : le sadique...

La pièce retombe sur le plancher avec un bruit mat. « Tiens..., se dit Wolfang, j'aurais cru tomber sur l'autre. » Et il ferme sa porte soigneusement. Traverse le palais glacé en grelottant dans son mince pardessus et remet la clef au concierge.

« Bonsoir, monsieur Wolfang ! On vous reverra peut-être un de ces jours ?... »

« Jamais », pense le greffier, en touchant du bois. Car on peut s'apprêter à commettre le crime parfait, et être superstitieux en même temps.

La ville disparaît sous un brouillard glacé. Les trottoirs sont blancs de givre et le greffier Wolfang marche à petits pas pressés, son long nez enfermé dans un cache-col de laine. Ses cheveux blond paille dissimulés sous un bonnet de la même laine. Le tout tricoté par maman.

« Wolfang, mon fils, tu devrais te faire des amis.

– Je déteste les amis.

– Wolfang, à trente ans, un jeune homme devrait se marier.

– Je déteste les femmes. »

Wolfang ceci, Wolfang cela...

« Je déteste ma mère. J'aurais pu tuer ma mère, comme cet imbécile qui a tué son père, le 6593 ! Je croyais tomber sur lui, c'est drôle... C'est peut-être que j'avais envie de le tuer ! En somme, le hasard fait bien les choses. On ne doit pas faire intervenir les sentiments dans un crime parfait. La pièce est tombée côté face : le sadique. Celui-là m'est complètement indifférent. »

Wolfang le greffier pénètre dans une cabine téléphonique.

« Maman ? J'ai un cours d'espagnol ce soir, je rentrerai un peu plus tard... Mais oui, je suis bien couvert... Non, ne m'attends pas pour dîner... C'est ça, couche-toi. »

Wolfang se dirige vers la faculté où il prend ses cours du soir. Il salue deux ou trois têtes, s'installe au fond de la classe et attend que le cours commence. C'est un cours audiovisuel. Les quelque deux cents élèves munis d'écouteurs regardent un écran où se joue une scène de la vie courante et répètent le vocabulaire dans un magnétophone. La salle est dans la pénombre.

Wolfang se lève alors et sort comme s'il allait aux toilettes par la porte du fond. Personne ne s'inquiète de lui. Le professeur corrige des copies. Les couloirs sont déserts. Tout va bien. Il est dix-huit heures quinze. Il a une heure trois quarts pour accomplir son projet.

Dans la rue, Wolfang consulte son petit carnet, à propos du 2604 : Herbert Krantz, le violeur.

L'emploi du temps de sa future victime y est noté avec le plus grand soin. L'heure favorable sera aux alentours de dix-neuf heures... Chaque soir, à dix-neuf heures, Krantz sort d'une salle de gymnastique corrective. Il semble que sa mère et son psychiatre se soient mis d'accord pour lui faire mener une vie saine et sportive, destinée à éloigner ses mauvais instincts et à redresser une scoliose par la même occasion. Le violeur est légèrement bossu. Dans moins d'une heure, il n'aura plus de problème de cet ordre.

Wolfang saute dans un autobus, marche ensuite une dizaine de minutes et va s'installer dans un café, en face de la salle de gymnastique.

Il commande un grog et se rend aux toilettes. Entre sa chemise et son pull-over, une arme. L'arme parfaite, volée dans le fatras des pièces à conviction du laboratoire de la police. Un revolver à silencieux ayant servi il y a plus de dix ans pour un règlement de compte.

Wolfang l'a dérobé sans difficulté, il y a plus de deux ans, et personne ne s'en est aperçu. D'ailleurs il a volé aussi le bordereau de dépôt de la pièce et les chargeurs, trafiqué le canon et les balles. L'identification de l'arme sera impossible.

Méthodiquement, il s'est entraîné au fond d'une campagne. L'arme est prête. Wolfang vient d'y engager un chargeur, il glisse le tout dans la poche de son pardessus et retourne boire son grog. Le café est bourré de monde. Personne ne le connaît ici.

A dix-neuf heures moins cinq, Wolfang traverse la rue. Il n'attendra pas devant l'immeuble, il fait un bout de chemin sur le parcours que doit emprunter sa victime pour rentrer chez sa mère. Lorsque le 2604 passera devant lui, il le suivra, pendant cinq cents mètres, jusqu'au petit jardin qui fait l'angle de deux rues. Là il faudra faire vite. Aborder l'homme, le pousser dans le square désert, tirer à bout portant, le laisser tomber et continuer son chemin tranquillement dans la rue.

Wolfang marche lentement sur le trottoir gelé. Le brouillard est encore plus dense, c'est parfait.

Un groupe de jeunes gens le double, traverse la rue et disparaît. Une femme et un petit garçon le dépassent, mais se dirigent vers une voiture en stationnement qui démarre aussitôt...

Enfin, Wolfang entend dans son dos le pas de celui qu'il attend. Un pas feutré et glissant. Herbert Krantz, un mètre soixante-huit, vingt-six ans, un visage plat de grenouille, avec des yeux globuleux et des lèvres minces, une poitrine creuse, le dos déformé et de grandes mains molles.

Pendant son procès, il n'arrêtait pas de les essuyer l'une contre l'autre, il transpirait, il était laid, abject, une sorte d'animal visqueux.

Herbert Krantz est passé sans faire attention à cet homme emmitouflé qui semblait vouloir traverser en se méfiant des voitures. A présent, Wolfang marche vingt mètres derrière lui. Il n'a plus froid. Son corps maigre se déplace avec souplesse. La main gantée qui serre le revolver n'est pas crispée, Wolfang se sent léger, sûr de lui, précis... Les premiers buissons du petit square apparaissent, il presse le portillon d'entrée, jamais fermé. Il prend Krantz par le bras, l'entraîne en lui parlant :

« Bonsoir, Krantz, vous ne me reconnaissez pas ? J'étais en prison avec vous. Ça, c'est une surprise, qu'est-ce que vous diriez de fêter ça ? J'ai rendez-vous avec ma petite amie justement, si vous veniez avec nous ? On parlerait du passé. Si vous voulez, je peux vous trouver une fille, hein ? Qu'est-ce que vous en dites ? »

Krantz a écarquillé ses yeux globuleux pour mieux voir son interlocuteur. Ce nez pointu, ce visage triangulaire ne lui disent rien. Il n'a même pas le temps de bafouiller quelque chose. Un petit bruit sourd, comme un bouchon qui saute, et il s'écroule, ses deux grandes mains molles, refermées sur son ventre.

Wolfang, un peu essoufflé, se redresse et contemple les alentours. Brouillard à perte de vue. Il repasse le portillon, traverse la rue, marche dix minutes, reprend un autobus, retraverse les couloirs déserts de la faculté, et se retrouve à sa place.

Il est vingt heures moins douze. Le cours est presque terminé, mais personne ne s'est aperçu de son absence.

C'est fait. Tout est accompli. Il reste à se débarrasser de l'arme tout à l'heure, ou plus tard, peu importe.

Wolfang rentre chez lui, dîne dans la cuisine, embrasse sa mère qui tricote devant la télévision, et va se coucher. Il se sent fatigué.

Le lendemain, Wolfang lit avec complaisance les articles qui relatent la découverte du corps de Krantz. Toutes les suppositions le font sourire de satisfaction. L'étrangeté du crime, qui ressemble à celui d'un professionnel, la qualité de la victime, un « repris de justice », tout le monde s'égare, personne ne pense au crime gratuit. L'assassin, lui, ne récoltera qu'un bon rhume.

Le surlendemain, Wolfang dort d'un sommeil lourd. Il s'est senti fatigué la veille, son rhume l'abrutit. Maman lui a donné une tisane bien chaude avec un comprimé d'aspirine. Il est huit heures du matin. Il ne sait pas que sa mère est déjà sortie, emportant dans son cabas un revolver et un petit carnet noir. Il l'imaginera plus tard, entrant dans le commissariat de police et demandant à parler au commissaire à propos d'un crime...

Elle l'a répété au procès :

« Wolfang, mon fils, m'avait paru bizarre ce soir-là. Il s'est couché sans parler, avec un drôle d'air. Moi, je ne dormais pas et tout à coup je me suis dit qu'il fallait que je répare la doublure de son pardessus... Il l'avait posé dans sa chambre au lieu de l'accrocher au portemanteau. J'ai trouvé cela bizarre aussi. Je suis entrée sans bruit, j'ai pris le manteau et j'ai découvert l'arme dans la poche, avec le petit carnet. Je n'y ai pas touché.

« J'ai compris le lendemain. Et j'avais peur. Peur qu'il me tue aussi. Hier soir, je lui ai fait avaler un somnifère à la place de l'aspirine. Et pour plus de sûreté, j'en avais mis aussi dans sa soupe. J'ai pris le revolver et le carnet, j'ai fermé la porte à clef de l'extérieur et j'ai fait vite. Il est si malin, j'avais peur qu'il ait deviné que je savais... »

Wolfang, le greffier, n'a pas eu le plaisir d'apprécier son arrestation surprise au lit, en pyjama, un bonnet sur la tête et une bouillotte aux pieds. Il se croyait invulnérable, et ronflait bêtement au nez des policiers. Un minable comme les autres.

Il a cru pouvoir récupérer une haute idée de lui-même en décrivant son crime parfait avec complaisance. Mais ce jour-là, comme d'habitude, la salle du tribunal était glacée. Il faisait froid au banc des jurés, froid au fauteuil du juge, glacial au banc de l'accusé et un autre greffier, méprisant, griffonnait des notes, à l'intérieur d'un dossier noir, celui de Wolfang. Assassinat numéro 10726. Aucune circonstance atténuante. Réclusion à perpétuité. Débats clos le 6 février 1969, à dix-sept heures quinze.

L'OLIBRIUS

WALKY RELICH galope dans les longs corridors qui mènent du quartier des cellules à la liberté. Le gardien qui l'accompagne est obligé de galoper lui aussi, en maudissant ce bon à rien, trop pressé de sortir.

« Tiens-toi tranquille, Walky... ou je te colle un jour de plus pour désobéissance ! »

Walky Relich freine sa course et fait le pitre sous le nez du gardien.

« Allons, allons, chef, faut pas vous énerver. C'est juste pour rigoler, chef ! Dites, vous seriez pas content, vous, de sortir d'ici ? Hein, chef ? »

Walky se dandine et fait des grimaces; il rit un peu trop fort, un peu trop nerveusement. Son grand corps dégingandé, maigre, son pantalon trop étroit et sale lui donnent l'air d'un clown malade. Ici, on l'appelait « Walky le dingue ». Le gardien le traîne sans un mot au bureau des formalités de levée d'écrou.

« Encore un fou de moins ici », se dit-il, et il observe Walky qui décline son identité en rigolant :

« Relich, Walky, vingt-trois ans, libéré aujourd'hui... Allez, allez et que ça saute ! Mon portefeuille ! J'avais un portefeuille avec des photos dedans ! »

L'employé lui tend le portefeuille, trois dollars et dix *cents*, un canif, une ceinture de cuir. Toute la fortune de Walky Relich au moment de son arrestation pour vol. Il a purgé cinq mois, le voilà libre et la première chose qu'il fait est de se précipiter sur les photos entassées dans son portefeuille. Des vedettes de cinéma, un champion de karaté style Bruce Lee, Marlon Brando, des pin-up diverses et une photo d'amateur. Celle-là, Walky le dingue la montre à la ronde avec fierté :

« Ma fiancée, les gars ! Un beau petit lot, hein ? »

Le gardien jette un œil désabusé sur le portrait d'une jeune fille, presque une adolescente, au sourire timide. Un joli visage à peine sorti de l'enfance. « Pauvre gosse, se dit-il, j'espère qu'elle n'a pas attendu cet olibrius. »

Au-dehors, Walky marche à grandes enjambées, les mains dans les poches de son blouson, en sifflotant d'un air décontracté. Il ne se fait aucun souci sur sa reconversion, selon toute apparence. Et il sait où il va : il quitte la prison de Song Bey, à Sydney, pour retrouver sa fiancée. Du moins, celle qu'il considère comme sa fiancée. Il sonne avec enthousiasme à la porte d'un appartement du centre-ville.

« Salut, madame Mud ! Salut ! Jill est là ? »

Mme Mud, la mère de Jill, regarde avec effroi ce revenant qu'elle croyait sorti depuis longtemps de la vie de sa fille, et pour toujours.

« Qu'est-ce que vous lui voulez, à Jill ?

– Ben ! la voir. En voilà une question !

– Jill ne veut plus vous voir. Vous lui avez fait assez de mal comme ça. Allez-vous-en ! »

Walky fronce les sourcils et se dandine en silence sur le pas de la porte. Il n'a jamais supporté qu'on lui parle comme ça. Jamais. Cela produit en lui une espèce de froid douloureux qui le rend mauvais.

« C'est pas à vous de me dire de ficher le camp. J'ai pas à vous parler. Je veux voir Jill, c'est tout !

– Non, vous ne la verrez pas. Non et non, et si vous insistez, j'appelle la police !

– J'ai rien fait !

– Ah ! vous n'avez rien fait... On vous a relâché, sale petit voleur ! Quelques mois de prison pour un cambriolage ! Mais pour le reste, hein ? Et ma fille ? Vous ne lui avez rien fait à ma fille ? Voyou !

– J'y ai rien fait. Et ne me parlez plus comme ça... Ne me parlez plus comme ça, c'est compris ? »

Walky serre les dents de colère. Il trépigne comme un gamin furieux. Si Mme Mud était raisonnable, elle n'irait pas plus loin. Et si elle était maligne, elle aurait tout simplement dit : « Ma fille est partie... Je ne sais pas où elle est... Quel dommage ! » et elle aurait évité le drame.

Mais, au lieu de cela, elle marche sur Walky, le force à reculer et lui crache au visage :

« Vous avez mis ma fille enceinte, espèce de crapule ! Enceinte, vous comprenez ? Et maintenant, elle a un fils de crapule ! Alors, estimez-vous heureux qu'on vous fiche à la porte... Disparaissez ! »

Walky en est resté comme deux ronds de flan. Il n'a même pas réagi quand la porte a claqué. Il n'a rien répondu quand la mère lui a crié derrière la porte :

« Et ne remettez plus les pieds ici, ou je porte plainte ! »

Walky s'est assis sur les marches, assommé par la nouvelle. Un fils ! Jill a fait un bébé ! Un bébé de lui ! Il n'en revient pas. Il n'imaginait pas qu'une nuit passée sur la plage, il y a si longtemps, puisse amener un résultat pareil. Il avait tant ri, parce qu'elle ne voulait pas. Elle avait même pleuré, et il s'était senti tout fier en la ramenant sur sa moto ! Lui, Walky, le paumé sans parents, sans copains, il avait réussi à séduire cette jolie fille... Bon, il l'avait un peu forcée, c'était d'accord, mais il y était arrivé ! Et c'était la première fois !

Toujours assis sur les marches, Walky compte sur ses doigts. Il n'a revu Jill qu'une fois, après la nuit sur la plage, et elle n'a pas voulu rester avec lui. Après il y a eu ce cambriolage raté. C'était trois jours après. Il s'est caché pendant cinq ou six semaines, puis il s'est fait prendre. Deux mois de prison préventive, le procès, cinq mois de plus. Le compte y est ! Cela veut dire que Jill a accouché récemment.

Walky descend les marches, une à une, et au fur et à mesure qu'il s'éloigne, passe de la jubilation à la perplexité, puis à la rage ! Il veut Jill. Jill et le gosse. Cette bonne femme n'a pas le droit de l'en empêcher. Seulement, comment faire ? On ne lui ouvrira plus la porte à présent et la mère est bien capable de prévenir la police, s'il insiste... Walky tourne et retourne le problème dans sa tête, mais pas de solution dans l'immédiat.

Ce qu'il faut, c'est une voiture, une maison tranquille, un peu d'argent et une arme. Ensuite, je kidnappe ! Voilà. Dans sa tête, pas toujours très solide, Walky ne se demande même pas si Jill veut le revoir. Il ne réalise absolument pas la situation, il en est incapable.

Or, la situation est simple : Jill avait dix-sept ans quand il l'a connue. Ses parents sont aisés, rien ne la préparait à tomber dans les bras d'un voyou comme lui. En réalité, il l'a vraiment forcée et Jill, timide, est ressortie de cette aventure passablement malheureuse. Elle n'a rien osé dire pendant longtemps, jusqu'à ce que l'évidence de son état l'oblige à tout raconter à ses parents. Y compris que le responsable était en prison pour vol. Un beau gâchis.

Mais Walky ne voit pas les choses ainsi. Il ne peut pas, c'est un malade mental. « Walky le dingue » était un surnom pour rire. Mais ceux qui le lui ont donné sont tombés juste. Et personne ne sait à quel point.

C'est pourquoi Walky décide tout tranquillement qu'il va kidnapper Jill et l'enfant. Il avisera ensuite.

Avec une chance et une adresse exceptionnelles, il rassemble son matériel en une journée. En une journée, il a :

Premièrement : volé une voiture, dont il a changé les plaques chez un garagiste marron.

Deuxièmement : repéré une maison dans la banlieue de Sydney. Elle est inoccupée et il a forcé la porte.

Troisièmement : cambriolé une autre maison, pour un butin d'une centaine de dollars.

Quatrièmement : acheté un revolver avec cet argent.

Il est prêt, il n'a plus qu'à se poster en bas de l'appartement et à guetter le passage de Jill. Elle sortira bien avec le bébé à un moment ou à un autre. Il passe la nuit en faction dans la voiture, et vers neuf heures du matin, le 6 juillet 1968, il a l'incroyable chance de voir sortir Jill, seule, poussant un landau et se dirigeant sans méfiance droit sur la voiture ! Tout commence.

Mais ce n'est pas simple un kidnapping. Ce n'est déjà pas facile lorsque les bandits sont plusieurs et la victime isolée. Or Walky est seul. Et Jill pousse un landau avec l'enfant. Comment s'y prend-il ? Sans y penser, comme un fou. Et encore une fois avec une chance (si l'on peut dire !) insensée.

Il sort de la voiture, marche jusqu'au landau, se penche, prend le bébé dans un bras, montre son revolver de l'autre et dit à Jill, paralysée :

« Monte dans la voiture bleue, et ne crie pas ou je te tue ! »

Le rue est déserte. Jill monte en hoquetant de peur. Walky ferme la portière à clef, s'installe au volant, lui rend le bébé et fonce vers la banlieue.

Une demi-heure plus tard, il installe la mère et l'enfant dans la maison et s'installe, lui, dans un fauteuil, tout content de lui. Pendant les premières minutes, Jill tente de discuter, de supplier. Elle pleure, le bébé pleure mais rien n'y fait. Epuisée, la pauvre Jill demande enfin :

« Mais qu'est-ce que tu veux ? Ça ne sert à rien de nous garder de force, je ne veux pas vivre avec toi.

– C'est mon gosse que tu as là. Il est à moi. C'est moi qui l'ai fait... »

Et Walky contemple avec admiration le nourrisson de deux mois qui braille dans les bras de sa mère. Avec une inconscience de malade, il agite le revolver comme un jouet au-dessus de l'enfant :

« Tu vas vivre avec moi, et lui aussi, sinon je vous tue tous les deux, voilà. D'abord, on va se marier !

– Mais je ne veux pas t'épouser !

– C'est ce qu'on va voir !... »

Walky regarde autour de lui, trouve le téléphone et s'installe confortablement dans un fauteuil.

« Donne-moi le numéro de tes parents ! »

Pleine d'espoir, Jill le regarde composer le numéro.

« Allô ? Ici, c'est Walky. Alors voilà, madame, j'ai enlevé Jill et le bébé, on est dans une maison, dans la banlieue Est, au carrefour d'Elisabeth Street. Vous allez nous envoyer un pasteur, je veux me marier. Je veux qu'il vienne dans deux heures. Débrouillez-vous. Sinon, je les tue tous les deux, Jill et le bébé. »

A l'autre bout du fil, la pauvre femme est effondrée. C'est son mari qui reprend l'appareil. Il menace, mais Walky ricane comme un dément :

« Eh ! beau-père, faut pas parler comme ça à votre gendre. Et si vous prévenez les flics, dites-leur de ne pas trop approcher. Sinon... je tue ! Allez, trouvez-moi un pasteur et faites vite ! Je m'impatiente ! »

Et il raccroche.

Vingt-sept minutes plus tard, la maison est cernée par une cinquantaine de policiers et Walky entend la voix du chef de la police de Sydney, Jimmy Adler, qui tente de parlementer. Alors il tire un coup de revolver dans le plafond et la voix se tait. Une minute plus tard le téléphone sonne. En souriant, Walky décroche.

« Alors ? C'est pas mieux comme ça que de brailler dans la rue ? Bon, écoutez-moi, j'ai pas de temps à perdre. Envoyez-moi le pasteur. S'il n'est pas là dans une heure, je flingue. J'ai assez de cartouches pour en descendre pas mal, et je commencerai par le gosse ! »

Et il raccroche au nez de Jimmy Adler.

Autour de la maison, c'est l'affolement. Le chef de la police discute avec les parents. Selon lui, il vaudrait mieux céder. Un mariage dans ces circonstances n'a rien de valable et si le forcené consent à se rendre ensuite...

Re-téléphone. C'est Jimmy Adler :

« On fait venir un pasteur, il entrera, si vous promettez de sortir ensuite avec la mère et l'enfant. Les parents sont d'accord. Vous pouvez vous marier.

– Okay, on sortira. Envoyez le pasteur... »

Walky triomphe. Il embrasse Jill de force et plaisante sur leur future nuit de noces. Puis il devient grave en regardant le bébé :

« Comment il s'appelle ?

– Paul.

– On l'appellera Walky, comme moi ! »

Et l'attente se poursuit. Enfin le téléphone annonce l'arrivée du pasteur. Méfiant, Walky surveille à la fenêtre. M. l'aumonier de la prison de Song Bey, celle où il se trouvait il y a à peine vingt-quatre heures, marche à pas lents dans l'allée de gravier. Il montre ses mains et sa Bible, avec un bon sourire.

Walky ouvre la porte avec précaution et tire violemment le pauvre homme à l'intérieur. Il le fouille. Puis, satisfait, son revolver toujours à la main, se plante au milieu de la pièce.

« Alors, on y va ? »

Le pasteur, toujours calme, jette un regard vers Jill et le bébé qu'elle tient toujours dans ses bras. S'il pouvait faire quelque chose... Mais quoi ? D'ailleurs, les policiers lui ont bien recommandé de ne pas prendre d'initiative, alors il ouvre sa Bible et dit :

« Mettez-vous à genoux tous les deux. »

Et il entame la cérémonie de mariage la plus extravagante, et la plus courte de l'histoire des hommes.

« Walky Relich, voulez-vous prendre pour épouse Jill Mud, ici présente ?

– Oui ! claironne le fiancé.

– Jill Mud, voulez-vous prendre pour époux Walky Relich, ici présent ?

– Oui, bafouille la pauvre fiancée.

– Jurez-vous aide et protection mutuelles... Dites : je le jure.

– Je le jure...

– Je le jure...

– Je vous déclare mari et femme... »

Aide et protection, c'est le comble de l'absurde... Walky se redresse et demande :

« Ça y est ? On est mariés ? C'est sûr ?

– C'est fait...

– Alors, fichez le camp !

– Vous ne voulez pas sortir avec moi ?... Les... les parents vous attendent, pour vous féliciter. Vous aviez dit que vous sortiriez...

– Fichez le camp, je vous dis, on sortira quand on en aura envie, et puis tenez, dites donc à votre copain le flic, le grand chef, là, dites-lui que je veux un fusil à lunette et deux cents cartouches. Un fusil « Armalite », hein ? Pas un autre. Sinon je les tue tous les deux ! Je sortirai après... »

Walky met le pasteur à la porte et Jill s'écroule en larmes, sur un vieux fauteuil, en proie à une crise de nerfs. Tout recommence. Les heures passent. La police négocie, menace, renégocie. Il n'est pas question de donner à ce fou un fusil à lunette et deux cents cartouches, pour qu'il massacre les assiégeants !

Entre-temps, Jill supplie son époux de lui obtenir

du lait pour l'enfant. Un émissaire dépose des provisions sur le pas de la porte et le petit Paul prend son premier biberon d'otage. La nuit passe.

Le lendemain, Walky réclame toujours son fusil à lunette. En fin de soirée, fou de rage, il attire sa femme devant une fenêtre, applique le revolver sur sa tempe et hurle :

« Je tire si vous n'obéissez pas immédiatement ! »

Sur les conseils d'un psychiatre venu aider la police dans cette incroyable et sinistre comédie, la police cède. Le fusil Armalite est l'arme la plus puissante utilisée par les policiers australiens. Elle peut transpercer un casque d'acier à plus de cinq cents mètres. Walky le trouve sur le paillasson, cinq minutes plus tard, avec deux cents cartouches.

Le psychiatre a dit :

« Cédez... Il menace trop pour tirer. Il a besoin de puissance et ce qu'il veut, c'est surtout qu'on lui obéisse. Alors, obéissez... »

Mais Walky ne sort toujours pas. Le jour suivant, c'est un transistor qu'il réclame. Pour écouter les journalistes parler de lui. En même temps, il demande du café, un steak et des œufs.

A l'intérieur de la maison des otages, la situation se dégrade. Il n'y a plus de courant et Jill ne peut même pas faire chauffer les biberons du bébé, c'est elle-même qui téléphone à la police pour supplier que l'on fasse quelque chose. Mais Walky ne veut pas entendre parler d'un électricien, depuis qu'il a eu ce qu'il voulait, il se terre dans un fauteuil, silencieux, entre son fusil à lunette et son transistor. Il réentend la voix de sa femme, enregistrée par la police, qui passe dans les informations du soir. Elle pleure :

« Mon bébé va mourir de faim, faites quelque chose, je vous en supplie. J'ai peur... »

Le lendemain, quatrième jour de l'enlèvement, les journaux titrent : *La femme du forcené de Sydney implore : « Mon bébé va mourir de faim... »*

Alors, Jimmy Adler, le chef de la police, reprend le téléphone :

« Walky, à partir de maintenant, plus de vivres pour vous ni elle. Vous n'aurez que du lait pour l'enfant, et des médicaments s'il en a besoin, c'est tout. Vous êtes pris au piège. Nous avons cédé sur tout, mais nous ne permettrons à aucun prix que le bébé souffre de la faim. Je fais disposer des projecteurs partout. On vous éclairera sans arrêt. Vous trouverez dans dix minutes la nourriture pour l'enfant et un camping-gaz. A vous de réfléchir. Ne demandez rien d'autre, sortez sans exigence supplémentaire. Si vous rendez la mère et l'enfant, on verra.

– Qu'est-ce qu'on verra ?

– On verra à ce que vous soyez bien traité.

– Vous allez me foutre en taule, oui !

– Peut-être pas Walky, vous êtes fatigué, vous avez besoin de repos, on vous soignera...

– Qui dit que je suis malade, hein ? Qui dit ça ?

– Personne, Walky, personne. Vous êtes fatigué, c'est tout... Est-ce que je peux parler à votre femme ?

– Non !

– Est-ce que vous allez la laisser sortir ?

– Non ! »

Et Walky raccroche, pris d'une rage muette. Il ne sait plus où il en est, il ne sait plus ce qu'il veut. On lui a tout donné, tout, il voulait une femme, un fusil, des cartouches, une radio, à manger, on le lui donnait. C'est si facile... Il n'a même pas compris qu'on lui coupait les vivres, il s'en fiche, il ne sait plus quoi demander, il ne sait plus ce qu'il veut.

Le cinquième, le sixième, puis le septième jour arrivent. Jill est à bout de forces. Elle n'a bu que du lait, comme le bébé. Quant à Walky, il n'a rien pris. Assis dans son fauteuil, il entend la radio sans l'écouter. On parle de lui toutes les heures, mais il ne réagit plus. Simplement, chaque fois que le téléphone sonne, il décroche et murmure d'une voix terne :

« Si vous ne faites pas ce que je veux, je les tue... »

Puis il raccroche. Il ne dit pas ce qu'il veut. Il répète inlassablement la même phrase : « Si vous ne faites pas ce que je veux, je les tue... Si vous ne faites pas ce que je veux... » Mais que veut-il ?

Il est dix-sept heures, ce septième jour. Jill est assise par terre, devant un carton où son fils dort enveloppé dans une veste de laine. Depuis une semaine, elle n'a presque pas dormi, elle, une immense fatigue la terrasse soudain. Et elle s'endort, recroquevillée près du carton.

Walky, immobile dans son fauteuil, l'œil vague, écoute ronronner la radio, son fusil sur les genoux.

Au-dehors, c'est l'alerte. Le chef de la police a décidé de tenter l'assaut à la nuit tombée. En créant une zone d'ombre dans le flot des projecteurs braqués sur la maison, il espère faire passer une demi-douzaine d'hommes armées de bombes lacrymogènes. Il n'a pas téléphoné depuis midi. Il compte sur la lassitude et la faim pour endormir la méfiance de Walky.

Dix-huit heures. Jill dort toujours. Dix-huit heures trente, les pleurs du bébé la réveillent. C'est l'heure du biberon. D'un geste las, Jill tourne la tête vers son gardien. Il a fermé les yeux. Dort-il ? Le bébé pleure faiblement, puis plus fort, mais Walky ne bouge pas. Tremblante de peur, mais prise d'un fol espoir, Jill se redresse et doucement, doucement, pousse du pied le carton vers la porte. Elle ne veut pas prendre le bébé dans ses bras car il se tairait. Tant qu'il pleure et tant qu'il ne réveille pas Walky, il est le garant de leur fuite. Cela veut dire que l'homme dort profondément. Jill ne risque rien. S'il se réveille, il n'aura pas l'impression qu'elle cherche à fuir puisque l'enfant est par terre, dans le carton. Centimètre par centimètre, de vagissements en pleurs, Jill gagne du terrain. A présent, il lui faut revenir sur ses pas et prendre la clef dans la poche de Walky. L'enfant pleure toujours. Jill se penche, glisse sa main dans la poche de la veste, puis s'immobilise. Il a bougé ? Non, il dort toujours, les deux mains sur son fusil.

Alors Jill change d'idée. Le courage lui vient brusquement, violemment. Elle qui s'est laissée effrayer depuis tant de jours, tout d'un coup elle n'a plus peur de rien.

Elle recule, respire un bon coup, se jette sur le fusil à deux mains, l'arrache et cogne. Elle cogne sur la tête, n'importe comment, dans tous les sens... Il crie, il veut se redresser, il saigne, et elle cogne encore, encore et encore... jusqu'à ce qu'il s'effondre à ses pieds.

C'est ainsi que les policiers ont vu sortir à dix-huit heures trente-quatre, le septième jour, une mince silhouette tenant dans ses bras un carton.

Jill Mud, dix-sept ans, et son fils Paul, deux mois et une semaine... Une semaine longue, stupide, effrayante, dont lui au moins ne se souviendra pas.

Walky le dingue est en maison de santé. Il n'est pas encore jugé. Son état mental ne le permet pas. Le sera-t-il un jour ? Le problème n'est pas là. Car ce jour-là, il faudra que Walky sache enfin qui il est, ce qu'il veut et pourquoi il le veut. Et s'il le sait, le passé ne voudra plus rien dire, et Walky le dingue n'existera plus.

Alors, qui juger ?

MORT D'UN ESTHÈTE

JOHN SPARTEN est un Anglais modèle luxe. Il est petit lord, suprêmement élégant, beau comme un étudiant d'Oxford et sa fortune personnelle lui permet de vivre comme il l'entend, c'est-à-dire en esthète.

Lord Sparten a choisi de vivre en Australie après la guerre. Et sa maison de Londres est fermée sur des trésors. Meubles précieux, tapis d'Orient, porcelaines de Chine, soie des Indes... dorment sous la poussière. Le jardin est en friche, le gazon démesuré, un vrai gâchis.

John Sparten a quarante ans, à quelques rides près, et son caractère se reflète sur un visage où tout est bien rangé. Deux rides légères sur un front où s'attarde un petit air soucieux du meilleur effet, deux sourcils lisses et brillants, deux yeux sombres aux paupières discrètes, la moustache de charme... Et pourtant, John Sparten n'a pas l'air vivant. Quelque chose de glacé et de mort l'enveloppe, sa beauté est inhumaine.

Arrivé à Sydney, Lord Sparten s'est installé dans une extraordinaire maison à colonnades et a entrepris de la meubler à grands frais. Ayant reconstitué son univers d'esthète en ce pays neuf et sauvage, John y a installé une boutique d'objets précieux. C'est là sa passion, et il achète d'ailleurs plus qu'il ne vend. Petites statuettes, meubles d'appoint, vaisselle, il aime la beauté par-dessus tout.

Il est tout de même curieux, pour un antiquaire, d'aller s'installer en Australie, là où la marchandise n'a pas eu le temps de vieillir dans les greniers ! Mais après tout, pourquoi pas ?

Au coin de la vitrine de John Sparten, un petit écriteau doré annonce : *Réparations, estimations, achats.*

C'est discret, de bon goût et cela suppose que les réparations, comme les estimations et comme les achats, ne se font que sur des objets de valeur.

C'est ainsi qu'une dame se présente à la boutique un jour de 1952, porteuse d'une adorable chose. Une chaussure française Louis XV, une mule de femme au talon de bois délicatement ouvragé et incrusté d'ivoire. Malheureusement, le talon s'est détaché.

John Sparten examine avec délicatesse cette merveille d'ébénisterie sinon de simplicité, et fait son diagnostic :

« L'empeigne est malade, le haut du talon doit être consolidé, j'aurai besoin de trois bonnes semaines.

– Quel prix ?

– Peu de chose. Dix dollars vous conviendraient ?

– Ce n'est pas cher, monsieur, vous y perdez.

– Le plaisir de vous revoir sera mon meilleur bénéfice. Prendrez-vous une tasse de thé ?

– Mon Dieu, si vous insistez, c'est tellement joli chez vous.

– Ce n'est rien. Vous ne voyez que le magasin. Laissez-moi vous montrer l'arrière-boutique, c'est ma caverne d'Ali-Baba. Si vous aimez les belles choses, et je crois que vous les aimez, vous serez comblée. »

Ainsi, cette dame parfaitement inconnue de John Sparten la minute précédente a-t-elle la faveur de visiter une véritable caverne d'Ali Baba.

Ce que John Sparten appelle son « arrière-boutique », est en réalité un salon de réception. Il y sert le thé à la russe, et son samovar est une merveille, les gâteaux sont un enchantement et une délicate odeur de tabac blond monte de sa pipe... La cliente est aux anges. Cette cliente-là. Pas toutes...

Il est entré l'autre jour une dame désireuse de faire estimer un collier. Le collier n'était pas laid, bien qu'un peu voyant, mais les pierres étaient fort belles. John Sparten n'a pourtant pas invité la dame à boire le thé dans son arrière-boutique.

La raison en est simple. La dame à la chaussure Louis XV est ravissante. La dame au collier était parfaitement quelconque. John Sparten ne peut boire le thé que seul ou bien accompagné.

Son regard d'esthète ne supporte pas la laideur, la vulgarité ni même l'approximatif, que ce soit en matière de meubles, de bijoux, de vaisselle ou de femmes. Il a d'ailleurs appris à réparer tous les objets d'art pour le simple plaisir de leur rendre leur beauté d'origine.

John Sparten est ébéniste, orfèvre, peintre, doreur, tapissier, sculpteur, il sait tout faire. Il connaît tous les matériaux et presque toutes les techniques. Toute sa jeunesse y a été consacrée, depuis la mort de ses parents qui le voyaient notaire. John Sparten n'est pas marié, il n'est amoureux des femmes que de loin, et il a peu de relations à Sydney.

Donc, la dame à la chaussure Louis XV est entrée dans le salon arrière-boutique de John Sparten attirée par le charme de l'individu, sa distinction et ses manières extrêmement courtoises.

Il est évident que la cliente ne craint absolument pas un geste ou une réflexion déplacée. Un tel homme ne se permettrait pas ce genre de chose.

Et il est vrai que John Sparten ne détruirait à aucun prix l'atmosphère de beauté dans laquelle il évolue. C'est pourquoi il installe sa cliente sur un merveilleux sofa de soie et lui tend une tasse de thé odorante.

Il faut que le thé soit parfaitement odorant pour

dissimuler la drogue, et le sofa parfaitement confortable pour accueillir le corps de la dame évanouie.

La cliente, Adeline Roark, trente ans, mariée, une brune aux yeux bleus, au teint de lis et au corps délicat, vient de s'effondrer sur le sofa avec toute la grâce souhaitée.

John Sparten la contemple. Il s'est emparé à temps de la tasse de thé qui menaçait de choir sur le tapis, et il la regarde en supputant à voix haute :

« Le visage est parfait. Les vêtements, par contre, laissent à désirer. Du crêpe de Chine mauve serait plus indiqué. Voyons ce que l'on peut faire... »

Et John Sparten fouille dans une immense penderie où sont alignées des robes de femme. Certaines sont anciennes, d'autres résolument modernes, la plupart viennent de grandes collections françaises. John y cherche son crêpe de Chine mauve.

On ne reverra plus jamais Mme Adeline Roark, cette ravissante brune dont le mari, affolé, prévient aussitôt la police.

Déterminer l'emploi du temps d'une jolie femme riche un après-midi de beau temps est pratiquement impossible.

Adeline Roark a disparu depuis quinze jours et la police n'a aucun renseignement, aucun indice, aucun suspect, elle en conclut qu'il s'agit d'une fugue, et la disparue étant majeure et vaccinée, les recherches sont abandonnées.

Seule la police des frontières garde le signalement de la jeune femme. Ce qui ne sert strictement à rien, puisqu'elle est entrée dans le magasin de John Sparten et n'en est pas ressortie.

Seulement – et tout le monde l'ignore, Mme Roark ayant omis d'avertir son mari qu'elle avait l'intention de faire réparer une mule Louis XV que lui avait offerte son amant, lequel la tenait de sa mère –, l'autre chaussure est restée sur la coiffeuse d'Adeline, et son époux ne cesse de répéter :

« C'est la dernière chose qu'elle ait achetée. Elle adorait les antiquités... »

Tandis que la piste d'Adeline Roark se perd dans l'inconnu, John Sparten ouvre et ferme boutique comme d'habitude.

Les clients sont rares, surtout les clientes, et il se passe bien trois mois avant que Miss Marge Somerset ne fasse une entrée remarquée parmi les bibelots précieux...

Si remarquée que John Sparten n'en est pas encore remis, à l'heure qu'il est.

Miss Marge Somerset, si elle le voulait, pourrait remporter tous les concours de beauté du monde. Elle a tout ce qu'il faut pour être belle, tout ce qu'il faut aussi, malheureusement, pour être bête.

Dieu, qu'elle est bête ! John Sparten n'a jamais vu quelqu'un d'aussi bête. Elle est entrée pour acheter un éventail, une petite merveille de broderie espagnole, et elle ignore même à quoi sert un éventail. John est agacé. Il est tenté et agacé à la fois. Peut-on être si belle et si stupide ? Non, ce n'est pas permis, pas à ce point. Comment tenir une conversation avec un être semblable, comment ne pas gâcher cette beauté physique par la laideur des propos ?

C'est que Marge Somerset n'est pas une grande dame, loin de là. Elle a fait profession de prostituée à l'âge de quinze ans et elle n'en a que vingt. Si l'expérience des hommes lui est venue et si elle n'a guère perdu de sa fraîcheur et de sa beauté, elle n'a rien gagné en finesse.

L'esthète en a la moustache hérissée. La dame discute âprement le prix de cet objet charmant, merveille de dentelle noire et d'écaille, miraculeusement conservée après deux siècles d'existence.

« Trois cents livres ? Pour un petit truc pareil, mais c'est pas possible...

– Madame, c'est un objet d'époque. Parfaitement conservé, avec son étui d'origine. Il a dû appartenir à une grande dame espagnole. C'est un miracle qu'il soit entre vos mains...

– Miracle ou pas, c'est cher, votre truc. Moi, c'était pour offrir à une copine qui se marie. J'hésitais entre ça et une pelle à gâteaux. Mais dites, la pelle à gâteaux, ça sert à quelque chose au moins, tandis que votre truc, là...

– Je suis navré, chère madame, qu'il ne vous plaise pas. Mais, tout compte fait, vous devriez vous tourner vers les pelles à gâteaux, effectivement c'est moins cher et n'importe quel droguiste vous en fournira une !

– Oh ! là, oh ! là, ne vous emballez pas ! Je fais ce que je veux, hein ? C'est moi qui paie. Après tout, si votre truc vaut trois cents livres, c'est peut-être un placement.

– La beauté est toujours un placement, chère madame...

– Ah ! ça... C'est bien vrai ce que vous dites ! Par exemple, si moi j'avais pas été belle, eh bien, j'aurais pas fait carrière comme on dit. Allez ! Vous me plaisez, vous. Emballez-moi ça, j'achète. Un joli paquet, hein ? C'est pour une copine qui se marie...

– Vous êtes sûre que vous ne préférez pas une pelle à gâteaux ?

– Sûre, je vous dis. Il est beau votre truc. J'aime ce qui est beau, et tant pis si c'est cher. »

John Sparten a souri. Cette petite a beau être vulgaire, il se dégage d'elle une certaine élégance. Les cheveux sont épais, lourds, la bouche un peu rouge, mais le reste est parfait, parfait... Dans un velours rouge, elle sera parfaite.

« Voulez-vous prendre une tasse de thé, chère madame ? »

Marge écarquille les yeux d'étonnement. Une tasse de thé ? A elle ? Comme c'est curieux. Elle aurait compris un verre de bière, ou n'importe quoi d'autre, mais une tasse de thé... Ce type la prend pour une dame. Cela dit, c'est rigolo d'être prise pour une dame. John Sparten insiste avec le sourire :

« Si vous voulez me suivre, nous serons mieux dans l'arrière-boutique, le temps de faire votre petit paquet. »

« Oh ! là ! là ! se dit Marge, l'individu a des intentions... Il s'imagine peut-être que je vais lui payer ses trois cents livres en nature. Après tout, pourquoi pas ? »

Eh oui, pourquoi pas ? Marge fait commerce de ses charmes à longueur d'année pour payer son loyer, ses robes, sa nourriture, ses bijoux, son coiffeur, pourquoi ne paierait-elle pas ses cadeaux de la même manière ? Dieu sait si elle a l'expérience des hommes. Mais Dieu sait aussi qu'elle est bête et ne se méfie pas. Elle ne voit rien de dangereux dans ce regard sombre, pas la moindre menace dans ces gestes onctueux, pas le plus petit piège dans ce sofa...

Les astuces masculines, pour elle, ne sont que des astuces grossières. Elle attend simplement le premier baiser pour faire une proposition honnête. Mais elle a bu la tasse de thé, bien avant que John Sparten n'ait fait la moindre avance. D'ailleurs, il n'en fait jamais. Et personne ne reverra plus Marge Somerset.

Environ un mois plus tard, cependant, un policier se présente à la boutique de John Sparten.

Le policier a lentement et difficilement remonté la piste de la disparition de Marge Somerset, et il vient vérifier un alibi. Celui du souteneur de Marge, soupçonné d'être responsable de sa disparition

Cet individu intéressant prétend qu'il n'a pas revu la jeune femme depuis le jour où elle lui a déclaré : « Je vais acheter le cadeau de mariage de ma copine. » Et la copine en question, qui s'est mariée entre-temps avec un autre souteneur, a précisé :

« Elle savait ce qui me ferait plaisir. Elle a dû aller acheter un éventail dans une boutique d'antiquités. On passait souvent devant la vitrine le soir. »

C'est dire que le policier vient se renseigner sans

conviction. Il préférerait boucler le souteneur car il ne croit pas une minute à cette histoire d'éventail.

John Sparten regarde sans frémir la photo de la jeune femme :

« Je l'ai vue, effectivement, elle voulait acheter ceci, mais c'était beaucoup trop cher pour elle. Elle est repartie, probablement pour acheter une pelle à gâteaux, c'est vous dire !

– Elle ne vous a rien dit de spécial, vous n'avez rien remarqué ? »

John Sparten a un sourire en coin :

« Elle était belle, extrêmement belle, et d'une très grande bêtise au point que... »

Il semble réfléchir à cette minute, puis se décide :

« Elle était si bête que sa beauté était encore plus parfaite, si vous voyez ce que je veux dire... »

Non, l'inspecteur ne voit pas. Il trouve ce bonhomme bizarre tout simplement. Ses manières, sa voix précieuse, sa façon de répondre comme s'il pensait à autre chose. Machinalement, le policier regarde les objets de prix, disposés avec art. Il tripote l'éventail de dentelle et navigue entre les bibelots.

C'est ainsi qu'il passe devant la mule du XVIIIe, au talon réparé, trônant sur un socle, et quelque chose le tracasse, dont il ne dit mot.

« Au revoir, monsieur, merci... » marmonne-t-il, toujours préoccupé.

C'est qu'il a vu la même chaussure ailleurs. Chez M. Roark dont la femme a disparu. La même exactement. Elle l'aurait donc achetée ici ? C'est curieux, trop curieux, et ce genre de curiosité ne peut pas passer dans l'esprit d'un policier sans laisser de trace. La piste de deux femmes disparues se croise chez le même homme, cet antiquaire bizarre...

Sans plus de preuves, le policier rassemble des renseignements sur John Sparten : Anglais, permis de séjour numéro tant, résidant en Australie depuis trois ans, originaire de Londres, et il apprend que l'homme a été entendu comme témoin, en 1946, à propos de la disparition d'une dénommée Ann Mezrow, dont le dossier est en suspens à Scotland Yard.

C'est tout, mais c'est une goutte de plus. En Angleterre aussi, c'est trop. Le juge anglais chargé du dossier d'Ann Mezrow demande une perquisition au domicile londonien de Sparten, et la communication de ses interrogatoires futurs en Australie...

Ce furent de drôles d'interrogatoires en vérité, et une drôle de perquisition. A Londres, dans la cave de John Sparten fermée par quatre verrous, les policiers découvrirent trois cercueils de verre.

A l'intérieur de chacun, une femme embaumée, coiffée, parée comme pour une cérémonie, belle jusque dans la mort, et pour la mort : Ann Mezrow, vingt-sept ans, danseuse; Elisabeth Dawson, vingt-cinq ans, sans profession; Aurelia Team, trente ans, institutrice. Toutes trois belles et disparues sans laisser de traces.

A Sydney, dans le sous-sol de la boutique, même scénario : deux cercueils de verre, Adeline Roark et Marge Somerset.

L'homme les trouvait belles. Il les empoisonnait ou les tuait délicatement à l'aide d'un stylet d'argent juste assez long pour atteindre le cœur.

Ensuite, il les embaumait pour les garder aussi belles qu'il les avait vues lorsqu'elles étaient vivantes. Car il avait même appris la technique de l'embaumement, entre autres métiers d'art...

John Sparten fut esthète à en devenir fou.

Sa dernière trouvaille, son dernier objet d'art vivant, celui qu'il trouvait si parfait de beauté, parce que si parfaitement bête, le fit découvrir, c'était Marge Somerset, la prostituée.

Comme quoi beauté et intelligence sont choses relatives. John Sparten a été pendu, lui. Ce qui n'a rien d'esthétique du tout.

AUTOPSIE

L'HOMME est seul, dans une pièce aux murs blancs. La lumière crue des lampes, sa blouse immaculée, les meubles laqués, tout est blanc autour de lui. Le docteur Chapman, médecin légiste de la police criminelle de Londres, est seul face à son cadavre.

On vient de le lui amener. Il a été découvert le matin même de ce 19 novembre 1943, dans une petite rivière de Luton, non loin des usines Vauxtall. Le corps était enfermé et attaché dans quatre sacs : un sac de soude, un sac de sucre, et deux sacs de pommes de terre. Le tout mal ficelé par une corde ordinaire.

Le docteur Chapman s'est rendu tout d'abord sur les lieux. Il a constaté que la rivière était peu profonde, longée par un chemin très fréquenté. Il était évident que le crime n'avait pas été commis sur place. D'ailleurs, aucun indice n'a été relevé par Scotland Yard.

Donc, le docteur Chapman est seul avec son cadavre, et c'est à lui maintenant de trouver des indices. Il se lève, enfile ses gants de caoutchouc et appelle son assistante :

« Mademoiselle, faites entrer les étudiants. Je dicterai mon rapport devant eux. Prévenez aussi le laboratoire, j'aurai besoin d'analyses. Téléphonez à Scotland Yard, et dites à l'inspecteur Finch qu'il pourra passer... disons, dans deux heures, pour les premiers détails. »

Voilà. Sur le chariot blanc, recouverte d'un drap blanc, la mort attend de révéler ses secrets, dans l'univers glacé de la morgue de Londres.

Sur la pointe des pieds, les étudiants pénètrent dans la pièce en chuchotant. L'univers du crime, c'est aussi celui-là.

La femme est jeune, bien proportionnée. Sorti des quatre sacs qui l'enveloppaient, le corps apparaît entièrement nu. Ni bague ni collier.

« Age : de trente à trente-cinq ans. Cheveux coupés à la Jeanne d'Arc, yeux marron. Taille : un mètre cinquante-sept. »

La voix calme du docteur Chapman énumère les détails avec sûreté et rapidité. Chaque commentaire destiné aux étudiants est accompagné d'une brève note pour le rapport d'enquête.

La victime a déjà eu un ou plusieurs enfants. Elle est enceinte à nouveau, d'environ cinq mois et demi. Cicatrice d'appendicite, mâchoire dépourvue de dents. Elle devait porter un dentier. La mort remonte à vingt-quatre heures, l'immersion n'a pas été complète. En ce qui concerne le crime, le docteur Chapman décrit à ses étudiants ce qui s'est passé :

« Le corps a été saisi de face par le cou, et par une main droite... Vous pouvez noter la trace du pouce ici. Elle a lutté mais a été repoussée violemment contre un mur ou un plancher. Remarquez les hématomes du dos et des reins. Un seul coup violent lui a été porté sur la gauche du visage, avec le bord d'un instrument non tranchant. Je dirais une crosse de fusil, ou un objet de bois lourd. Une chaise, un tabouret, par exemple : c'est l'arme du crime. Le coup a entraîné la chute, et la tête a frappé le sol, ici... derrière l'occiput. Maintenant, regardons les jambes : elles portent des traces de liens. La coloration indique que cette femme était attachée avant la mort. Ensuite, l'assassin l'a enveloppée dans les sacs et attachée avec une corde. Vous voyez la trace de la corde sur le buste... La coloration n'est pas la même, elle est survenue après la mort. Voilà, messieurs, c'est tout pour vous. Cette femme est morte du coup à la tête, l'étranglement était minime. »

Le docteur Chapman se retourne vers sa secrétaire pour formuler quelques instructions au laboratoire, tels que la recherche des traces d'ongles, l'analyse de l'empreinte digitale du pouce, celle des cheveux, l'empreinte de la mâchoire, etc.

Ensuite, avec l'inspecteur Finch de Scotland Yard, le médecin légiste fait le tour de ses constatations. Les chances d'identification sont maigres. Les photographies prises au moment de la découverte seront peu reconnaissables, car les traits sont bouffis et le visage enflé par les coups.

L'inspecteur Finch n'est pas de cet avis. Quand on a un visage, même déformé, il reste une chance d'identifier le corps :

« Je vais faire faire une affiche avec la photo et le signalement. Nous la distribuerons dans tous les magasins de Luton. Et je ferai passer la photo dans les salles de cinéma.

– Ne comptez pas trop sur ce genre de chose, inspecteur. Cette femme ne se ressemble plus. Elle a les yeux fermés, plus de dents, les cheveux ébouriffés, le nez enflé, un œil au beurre noir, sa peau a gonflé d'un centimètre et son teint est livide... Même son mari ne la reconnaîtrait pas, et ses enfants non plus. Un visage familier reste fixé pour toujours dans la mémoire des proches sous un certain angle, avec une certaine expression. J'ai vu tant de gens venir ici reconnaître leurs morts et s'écrier : « Ce n'est pas lui, ce n'est pas elle... » alors que c'était lui ou elle. Croyez-moi, vous aurez du mal. »

L'inspecteur Finch ne se décourage pas pour autant, mais le médecin a cent fois raison.

Dans la semaine qui suit, une jeune fille de dix-sept ans se rend au cinéma avec des amis. Après les actualités, la voix neutre d'un speaker commente la photographie assez pénible que l'on montre aux spectateurs, sous le titre *Avis d'identification.* Comme tout le monde, la jeune fille a une grimace de dégoût. Elle entend le signalement : âge, taille, couleur de cheveux, enceinte de cinq mois, etc., et elle attend la suite du programme avec impatience. Cette femme est pourtant sa mère...

Deux jeunes garçons, âgés de quatorze et quinze ans, examinent l'affiche à la devanture d'un magasin. Ils la détaillent avec curiosité. L'un d'eux dit :

« Et si c'était maman ? »

Et l'autre répond :

« Maman est partie chez grand-père et elle n'a pas cette tête-là, ne dis pas de bêtises...

– C'est vrai, dit l'autre, mais je voudrais bien que maman revienne. »

Ils s'appellent John et Ronald; ce sont les deux fils de la victime. Le dentiste qui a fabriqué l'appareil dentaire complet de cette femme, l'a soignée pendant six mois et lui a arraché une douzaine de dents, ne la reconnaît pas non plus sur la photo qu'un policier lui présente. Et comme il ne la reconnaît pas, il ne cherche pas dans ses fiches.

Un couple de voisins contemple la photo que des inspecteurs promènent de maison en maison. Ils habitent aussi près qu'il est possible de la victime disparue, mais ils ne la reconnaissent pas non plus. Les policiers s'en vont. Dix minutes plus tard, le mari dit à sa femme :

« Tu ne trouves pas qu'elle ressemble un peu à Mme Manton ?

– Ne dis pas de bêtises, Mme Manton est chez sa mère...

– Mais cette femme était enceinte, comme elle...

– Et alors ? Elle n'est pas la seule en Angleterre !

– Oui, mais les policiers ont interrogé les gosses Manton...

– Et alors ? Ils leur ont montré la photo comme à

nous. Tu penses bien qu'ils auraient reconnu leur mère tout de même... Et le mari ? Il n'aurait pas reconnu sa femme, hein ? Si on te montrait ma photo, tu ne me reconnaîtrais pas, peut-être ?

– D'accord, mais j'ai un doute. Il faudrait peut-être le dire à la police...

– Jimmy, ne fais pas l'idiot et ne te mêle pas de ça. Tu vas nous attirer des ennuis, c'est tout ce que tu gagneras... D'ailleurs, ce n'est pas Mme Manton, je l'aurais vu tout de même !... »

Et pourtant, c'est elle. Mais le docteur Chapman avait raison. Trois mois passent, sans aucun résultat. Et nul ne s'inquiète de la disparition de Mme Manton.

Son mari a dit qu'elle était chez sa mère. Il l'a dit aux enfants, il l'a dit aux voisins, à la sage-femme, au bureau de ravitaillement, en donnant une date de départ postérieure au crime, ce dont personne ne s'est aperçu.

A ce stade de l'enquête, c'est le docteur Chapman qui, une fois de plus, va aider Scotland Yard. On lui a amené un manteau trouvé dans une décharge publique à un kilomètre de l'endroit où fut trouvé le cadavre, mais rien ne dit qu'il ait appartenu à la morte.

Mais Chapman a plus d'un tour dans son sac. Il a conservé des cheveux. Il retrouve les mêmes sur le manteau. Il a conservé une trace de poudre, il retrouve la même sur le col du manteau.

La morte portait donc ce manteau noir. Ce manteau a été teint, et la marque du teinturier y est encore accrochée.

Le teinturier retrouve la personne qui le lui a apporté en mars 1943. Il s'agit d'un M. Manton de Regent Street; sa femme est actuellement chez sa mère.

Le 21 février 1944, l'inspecteur Finch frappe à la porte d'un petit cottage; son travail de policier, le vrai, commence enfin. Il a dans sa poche la photo de la victime, cette photo que personne n'a reconnue, même pas la famille.

Une jeune fille ouvre, c'est Elisabeth qui a dix-sept ans. Elle sourit à l'inspecteur qui, malgré lui, a un recul. Elisabeth est le portrait vivant de sa mère morte. Cette fois, l'inspecteur n'a plus de doute mais il ne sait comment aborder la conversation.

« Votre mère n'est pas là, n'est-ce pas ?

– Non, monsieur, elle est en voyage, chez ma grand-mère... Qui êtes-vous ? »

A l'énoncé du titre de policier, Elisabeth a un sursaut de surprise :

« La police ? Pourquoi ? Il est arrivé quelque chose à papa ?

– Non. Votre père n'est pas là ?

– Il travaille, il est sapeur-pompier. Et aujourd'hui il est de garde, c'est pour cela que j'ai cru...

– Mademoiselle, je dois vous montrer une photo, il est important que vous puissiez me dire s'il s'agit ou non de votre mère.

– Maman ? Mais ma mère est...

– Oui, je sais... Mais il est arrivé quelque chose à votre mère... »

Et le policier tend la photo. L'horrible photo, celle qu'Elisabeth a vue un soir au cinéma, sans la reconnaître. Et cette fois, elle pâlit...

« C'est... C'est ma mère ? C'est elle que vous cherchez depuis des semaines ? La femme assassinée, c'est ma mère ? »

Elisabeth a du mal à y croire. Dans le salon, sur une petite table, une série de photos de famille permet la comparaison.

De son vivant, Mme Manton était une agréable femme dans la trentaine, brune, aux traits fins. Il était bien sûr difficile de la reconnaître sous les bouffissures laissées par les coups, mais sa fille, Elisabeth, est sûre maintenant et elle parle d'une voix terne :

« Maman était enceinte. Moi seule le savais. Elle

avait eu peur de le dire à mon père, puis s'était décidée. Je crois qu'ils se sont disputés et c'est alors qu'elle est partie chez grand-mère.

– Vous l'avez vue partir ?

– Non. C'est mon père qui nous a annoncé la nouvelle un soir. Mais je n'étais pas inquiète, je me doutais qu'elle avait préféré partir pour être tranquille, papa et elle ne s'entendaient plus.

– Vous ne me demandez pas ce qui lui est arrivé ?

– Elle a été assassinée, c'était marqué sur les affiches !

– Mais vous ne me demandez pas par qui ?

– Non.

– Vous savez qui a pu faire ça ?

– Oui, monsieur. Mais je ne peux pas vous le dire. D'ailleurs, je m'en doute seulement, faites ce que vous avez à faire. Simplement, je préférerais ne pas le revoir si c'est possible...

– Vous parlez de votre père ? »

Mais Elisabeth ne répond pas. Elle parlait de son père, en effet. Et il est difficile à une fille de dire ce qu'elle pense de son père, quand c'est un assassin.

L'inspecteur Finch comprend qu'il n'en apprendra pas davantage. Elisabeth lui remet en silence un paquet de lettres. Elles étaient censées venir de la campagne, de chez la grand-mère. C'était soi-disant l'écriture de sa mère. Ces lettres sont postérieures au crime. Cela veut dire que le père a joué la comédie pendant trois mois, en faisant croire à ses enfants que leur mère était vivante, attitude assez illogique pour un vrai assassin. Il aurait dû, au contraire, laisser croire aux enfants que leur mère les avait abandonnés. Mais peut-être s'apprêtait-il à le faire, se croyant à l'abri après tout ce temps.

Elisabeth demande au policier la permission d'aller elle-même chercher ses frères à l'école, pour leur apprendre la nouvelle avec précaution. Avant de partir, elle guide le policier jusqu'au poste de sapeurs-pompiers où travaille son père, et déclare :

« En principe, vous devriez le trouver là. Mais la plupart du temps, il est au café d'en face dans les bras de la barmaid... Je vous laisse, je ne tiens pas à le voir.

– J'aurai besoin de vous pour l'enquête, vous resterez chez vous ?

– S'il n'y revient pas, oui. »

Et la jeune fille s'en va à grandes enjambées, comme si elle fuyait un monstre : son père.

L'inspecteur Finch n'a plus qu'à entrer dans la caserne, où on lui conseille effectivement d'aller voir au café d'en face.

L'homme est au bar. Athlétique, mais frisant la cinquantaine, le teint rouge, il discute avec animation. Il a l'air gai. La barmaid, une femme assez vulgaire, mais jeune, éclate de rire avec complaisance à l'une de ses plaisanteries douteuses.

L'inspecteur Finch s'approche du bar en silence, tape sur l'épaule de l'homme :

« Monsieur Manton ?

– Oui, qu'est-ce qu'il y a ?

– J'aimerais vous poser quelques questions... Inspecteur Finch, de Scotland Yard.

– Des questions ? J'ai pas à répondre à des questions...

– Je crois que si, monsieur Manton... Voulez-vous me suivre ? »

Manton proteste un peu, pour la forme, et surtout pour ne pas perdre la face vis-à-vis de la barmaid qui le regarde avec curiosité. Il suit finalement l'inspecteur Finch à l'écart.

En apprenant qu'il s'agit de sa femme, Manton fait l'étonné. Selon lui, sa femme est en voyage, elle était fatiguée, les privations de la guerre, sa grossesse... elle a préféré passer quelques mois à la campagne où la nourriture est moins rare. D'ailleurs, il a des nouvelles régulièrement...

L'inspecteur approuve :

« Je sais... je sais, votre fille m'a montré les lettres. De quand date la dernière ?

– Vous avez vu ma fille ? Pourquoi ? Qu'est-ce qu'elle vous a dit ?

– Elle a reconnu sa mère sur cette photo. Vous la reconnaissez aussi ? C'est votre femme...

– Pourquoi ça serait ma femme ?

– Parce qu'elle est morte, monsieur Manton. MORTE depuis trois mois, et depuis trois mois vous recevez des lettres d'elle ! MORTE, et je pense que vous l'avez tuée, monsieur Manton !

– Tuée ? Ma femme ? C'est idiot. C'est tout à fait idiot, j'ai pas tué ma femme.

– C'est elle sur cette photo, n'est-ce pas ? Regardez... Mais regardez, bon sang !

– Je crois... Je crois que c'est elle. Mais qu'est-ce qui lui est arrivé ?

– Vous l'ignorez ? Monsieur Manton, vous l'ignorez vraiment ? On l'a retrouvée morte, nue, emballée dans des sacs, au fond d'un fossé près d'une usine. Elle a été étranglée, puis achevée à coups de chaise ou de tabouret... Ça ne vous dit rien ?

– C'est pas moi... Ma femme faisait ce qu'elle voulait, elle allait où elle voulait, n'importe qui a pu la tuer.

– Ça n'a pas l'air de vous faire beaucoup de peine en tout cas. C'est vous, n'est-ce pas, qui avez écrit ces lettres ? »

L'homme au teint rouge est devenu pâle. Il regarde autour de lui, il cherche un moyen d'échapper à cet interrogatoire.

« Laissez-moi partir. Vous n'avez pas le droit de m'accuser comme ça... »

Mais l'inspecteur Finch lui passe les menottes rapidement.

« Je suis désolé, monsieur Manton, vous devez venir avec moi. »

A Scotland Yard, Manton continue à nier, avec une mauvaise foi si évidente que l'inspecteur Finch réunit en vingt-quatre heures toutes les preuves possibles. Les témoignages des voisins tout d'abord. Ils confirment la date de la « disparition » de Mme Manton, et reconnaissent enfin la photo.

Une perquisition au domicile des Manton apporte deux éléments importants : un tabouret cassé a été brûlé par le père, sans raison valable, dans la cheminée de la salle à manger; ensuite, une boîte de conserve vide et un chiffon, dans la cave. C'est là, selon toute vraisemblance, que le meurtre a eu lieu. La boîte contenait de l'eau, l'assassin s'est lavé les mains dans cette eau, et les a essuyées avec le chiffon. Les traces de sang sont très vite analysées. Groupe O, celui de la victime. Plus une belle empreinte digitale, celle du pouce du mari, tachée de sang...

Cette fois, Manton ne peut plus nier. Mais il faut l'intervention de sa fille pour le faire céder. Elle a accepté à contrecœur de rencontrer son père devant les policiers. Manton a le visage mauvais, le ton agressif :

« C'est toi qui m'accuses, hein ? Petite garce ! »

Elisabeth évite de regarder son père, elle lui tourne le dos, mais de sa petite voix désespérée, elle lui assène le coup de grâce :

« Ne parle plus, tais-toi ou je te tuerai, moi aussi. Je sais. J'ai entendu du bruit, la nuit du soi-disant départ de maman. Et je t'ai vu sortir avec un paquet dans les bras. Je t'ai vu le mettre dans la petite charrette des enfants. Tu as accroché la charrette à ton vélo et tu es parti. A ce moment-là, je croyais que tu faisais du marché noir, et que vous vous étiez disputés pour ça. Si j'avais su que c'était le corps de maman, je t'aurais tué ! J'ai compris plus tard : les lettres étaient fausses. L'écriture était bien imitée, enfin à peu près, mais ce n'était pas les mots de maman. Et puis j'ai téléphoné au village, grand-mère m'a dit qu'elle allait bien, mais qu'elle était seule... »

L'inspecteur Finch s'étonne :

« Pourquoi n'avez-vous pas prévenu la police? Pourquoi n'avez-vous pas reconnu la photo ?

– Je ne voulais pas qu'il nous tue, mes frères et moi, comme il a tué maman. Il voulait partir avec cette grue qu'il voit tous les jours au bar. Il était furieux que maman soit enceinte... C'est pour être libre qu'il l'a tuée, elle et l'enfant qu'elle portait. Un enfant de lui, un enfant comme nous. Si j'avais dit un mot, il nous aurait tués.

– Qu'espériez-vous ?

– Qu'il parte avec cette horrible femme. J'aurais mis mes frères à l'abri et je l'aurais dénoncé après. Mais ce qui me fait le plus peur, c'est que j'ai envie de le tuer, vous comprenez ? J'en ai envie depuis des semaines, et s'il continue à mentir, je le tue ! »

Elisabeth s'est retournée, enfin. Elle s'est jetée au-devant de son père, pâle, les poings serrés :

« J'en ai trop subi à cause de toi. Quand j'ai vu la photo de maman, affichée partout, torturée, difforme, morte, plus morte qu'on ne peut l'être, j'ai vomi. Vomi de ne pas pouvoir t'écraser comme un cafard... Et j'ai attendu que quelqu'un te dénonce, puis j'ai attendu que tu partes. Mais tu restais là, tu rentrais, tu sortais, tu mangeais, tu buvais, comme un porc que tu es... Alors, dis-le maintenant, avoue ! Dis-le que tu as tué maman, et qu'on t'emmène hors d'ici, vite ! Parce que si on te relâche, je t'écrase, « papa »...

Il l'a dit.

Elisabeth a claqué la porte et elle est partie. Elle n'était même pas au procès qui a condamné son père à être pendu. Mais elle était là, paraît-il, derrière les murs de la prison, le jour où on l'a pendu.

UN CADAVRE EN BONNE ET DUE FORME

ARTHUR SMELING est employé d'assurance, Lucile épouse et femme au foyer. Leurs deux enfants ont douze et quatorze ans, et ils ont décidé d'aller au Mexique pour leurs vacances et d'y camper.

Arthur et Lucile sont les deux premiers suspects de l'histoire.

Voici maintenant Ashley Beny Junior. Une espèce d'échalas de vingt ans, barbu et chevelu, décoré comme un arbre de Noël en plein été. Colliers, boucles d'oreilles et attributs divers de son état de hippie tintinnabulent autour de lui. Lui aussi est au Mexique en vacances, à pied, son unique bagage étant représenté par un sac de couchage rapiécé, qu'il étend sur l'herbe avec une belle désinvolture au milieu des tentes de camping. Ashley Beny Jr est le fils hippie d'un employé du gaz, et c'est lui le troisième suspect de l'affaire.

Quant au cadavre, le 5 juillet 1967, il est assis dans l'herbe du terrain de camping de *Tres Estrellas*, au Mexique. Et il n'est pas content.

Ce cadavre vivant est une très vieille dame de quatre-vingt-douze ans. Elle a surgi chez ses petits-neveux, Arthur et Lucile Smeling, la veille de leur départ en camping. Et elle a fait des pieds et des mains pour partir avec eux.

« Mais enfin, tante Emma, c'est trop dur, vous ne pourrez pas dormir par terre à votre âge !

– Tut ! Tut !... j'ai dormi par terre bien avant vous, quand nous sommes venus en Floride, en 1907, votre père et moi, nous dormions sous les chariots, dans la poussière...

– Mais, tante Emma, vous avez quatre-vingt-douze ans ! Et les nuits sont fraîches. »

Rien à faire.

« Dites tout de suite que je vous embête, au lieu de parler de mes vieux os ! »

Tante Emma avait gagné. Comment lui dire en face qu'elle les embêtait ? Et l'héritage ? Et les quelques dizaines de milliers de dollars, qui traînent sur le compte en banque ?...

« Tante Emma, ne dites pas de bêtises, nous sommes ravis de vous emmener... n'est-ce pas, les enfants ?... »

Tout le monde est ravi. Il n'y a qu'à voir la tête de tout le monde, le premier soir, au terrain de camping de *Tres Estrellas.*

Seule tante Emma n'est pas contente, car il n'y a pas de piment dans son assiette. Son arrière-petite-nièce Lucile Smeling en entend de toutes les couleurs à ce sujet. Tante Emma veut manger des tortillas, boire de la téquila et dormir sous les étoiles.

Le cas est grave, car elle est très fatiguée. La famille a fait six cents kilomètres en deux jours et passé la frontière à Laredo, le matin même. Ensuite, il a fallu trouver le camp à cinquante kilomètres à l'est de la ville, installer les tentes et trouver du matériel supplémentaire pour tante Emma. Un lit et un sac de couchage.

Or, il est dix heures du soir et tante Emma ne veut pas entendre parler de sac de couchage. Assise dans l'herbe, elle réclame de la téquila !

« Comment ? Vous n'allez pas m'empêcher, à mon âge, de boire un petit verre ! »

Alors, amusé, un voisin de camping propose le petit verre à tante Emma, qui le boit joyeusement, triomphalement, et s'écroule sur son sac de couchage aux environs de minuit.

Arthur et Lucile Smeling sont découragés d'avance. Leur mois de vacances, s'il doit être tributaire des quatre-vingt-douze ans de tante Emma, s'annonce mal. Sans compter les explications à fournir autour d'eux pour justifier la présence d'une si vieille dame dans un camping, le fait étant fort rare. A une heure du matin, elle ronfle toujours. A trois heures, elle ne ronfle plus et la famille Smeling s'endort enfin paisiblement.

A sept heures, Lucile Smeling entreprend de faire chauffer du café et pour ne pas réveiller sa grand-tante, rampe le plus silencieusement possible sous la tente.

Elle passe à la hauteur du sac de couchage de tante Emma et jette un œil soupçonneux sur le visage de la vieille dame.

Quelle drôle de tête ! Quel drôle de nez pincé ! Tante Emma a l'air bizarre. Lucile se redresse, tâte le poignet, le front, tire sur un bras et le regarde retomber d'un coup. Ce n'est pas possible ! Pas possible... Tante Emma est morte...

Lucile écoute le cœur, secoue le corps de la vieille dame, en vain. Il n'y a plus dans le sac de couchage, qu'un mètre et demi de cadavre en bonne et due forme.

La première réaction de Lucile Smeling est de crier pour réveiller son mari et les enfants, puis quelque chose l'en empêche.

Il est inutile en effet que les voisins de camping s'aperçoivent de la situation. C'est gênant à expliquer, très gênant.

Alors, Lucile se penche à l'oreille de son mari qui dort, le secoue doucement et murmure :

« Arthur... Arthur... Surtout ne t'affole pas... Il se passe quelque chose d'horrible, tante Emma est morte. »

Arthur, mal réveillé, se fait répéter deux fois la

nouvelle, avant d'aller constater lui-même, à l'autre bout de la tente, la réalité des faits.

Les voilà tous les deux assis de chaque côté du sac de couchage où repose tante Emma, effondrés. Il va falloir prévenir la police mexicaine, appeler un médecin, faire transporter le corps à la morgue, attendre le permis de transport pour faire rapatrier tante Emma. Quinze jours au minimum si tout va bien, car avec la police mexicaine, on ne sait jamais.

Réveillés à leur tour, les enfants se tiennent cois. Personne n'ose sortir de la tente.

Tout à coup, Arthur dit à sa femme :

« Ecoute, elle est de ta famille, c'est à toi de prendre la décision, mais je propose de la ramener aux Etats-Unis. Ne disons rien, passons la frontière, elle mourra officiellement chez nous. Ça vaut mieux. Sinon, nous allons subir une enquête à n'en plus finir...

– Arthur... Ce n'est pas régulier ce que tu proposes et c'est dangereux... pourquoi prendre ce risque ?

– Oh ! bon, si tu ne veux pas, à toi les formalités ! »

Lucile regarde son mari de travers. Il n'a jamais aimé tante Emma, et voilà qu'il propose de la trimbaler comme un vulgaire paquet. Mais au fond, quel soulagement ! La ramener à la maison, appeler le médecin de famille, et tout serait réglé en vingt-quatre heures. Alors qu'ici, leurs vacances sont pratiquement fichues.

C'est décidé. Il faut d'abord rouler tante Emma dans son sac de couchage, puis rouler le sac de couchage dans la tente et fixer le tout sur le toit...

« Vous partez déjà ? demande le voisin de camping.

– Oui, nous changeons d'endroit...

– J'espère que la vieille dame va bien ?

– Très... très bien... elle est allée faire un tour sur la route, en pleine forme, merci ! Au revoir ! »

Et les Smeling de galoper comme des voleurs jusqu'à leur voiture.

Cette fois, il faut refaire les six cents kilomètres en sens inverse jusqu'à la frontière et en un jour, c'est plus prudent.

La voiture, une quatre places bleue et verte, file sur la route de la frontière, la grand-tante sur le toit avec les bagages. Heureusement, menue, elle ne dépasse pas de la galerie, et avec un peu de chance, les douaniers ne feront pas défaire la toile de camping, ils ne l'ont pas fait à l'aller.

Il n'empêche que vers neuf heures du soir, au poste frontière de Laredo, Arthur et Lucile Smeling, blancs comme neige, attendent leur tour dans la file d'attente. Les enfants font semblant de dormir, mais le trac leur serre la gorge. A Dieu vat ... que faire si le douanier demande : « Vous n'avez rien à déclarer ? » Répondre : « Non. » On ne déclare pas une grand-tante qui ne fait que trépasser par-delà la frontière.

Mais s'il veut voir les bagages, pourvu que rien ne dépasse... L'attente est insupportable. Les Smeling se sentent, Dieu sait pourquoi, des âmes de criminels.

« Vous n'avez rien à déclarer ? Alcool, tabac ? Descendez s'il vous plaît... le coffre ? Merci. Vos passeports ? Merci... Bon voyage ! »

C'est fait. Ce douanier a été fantastique. Cela n'a duré que deux minutes à peine pour des heures d'angoisse sur la route. Mais, ça y est, ils ont passé la frontière avec la tante Emma sur la galerie. Dans deux cents kilomètres, ils seront chez eux, et la famille Smeling respire. Au prochain motel, le père propose de s'arrêter pour une légère collation et des rafraîchissements bien mérités.

Arthur gare sa voiture devant le motel et tout le monde descend. Sauf tante Emma, bien sûr, qui reste sur sa galerie et n'a besoin que de respect, chose difficile à trouver par les temps qui courent.

Environ un quart d'heure se passe.

Puis Arthur Smeling, sa femme et ses deux enfants, rassasiés, réconfortés, décident de reprendre la route.

Mais il n'y a plus de voiture verte et bleue sur le parking. Arthur a beau courir, interpeller les pompistes, le patron du motel, ameuter tout le monde, la voiture a disparu !

Le directeur du motel hausse les épaules :

« Il n'y a plus qu'à prévenir la police ! Ils la retrouveront votre bagnole, n'ayez pas peur. »

Seulement lorsqu'ils la retrouveront, que se passera-t-il ? Et si le voleur s'aperçoit qu'il transporte un cadavre ? Et s'il s'en débarrasse au coin d'un bois ? Et si on ne retrouve jamais tante Emma ? Plus d'héritage, c'est évident. Les personnes disparues ne sont pas considérées comme mortes avant longtemps... Compte tenu de toutes ces considérations, Arthur et Lucile Smeling vont trouver la police et entreprennent de raconter pourquoi et comment on leur a volé non seulement la voiture et leur matériel de camping, mais la tante Emma.

« Une tante Emma sur la galerie ? »

Le shérif est vaguement incrédule...

« Et on vous a volé la voiture, avec la tante Emma sur la galerie ? »

Le shérif est plus réticent...

« Parce que vous aviez laissé la clef de contact sur votre voiture avec un cadavre sur la galerie ? »

Le shérif devient soupçonneux. Oh ! il veut bien prévenir la frontière mexicaine, car il semble bien que le voleur soit reparti dans ce sens à nouveau, mais il trouve bizarre cette histoire de tante morte à quatre-vingt-douze ans en camping, après avoir bu un verre de téquila.

Et il regarde Arthur et Lucile Smeling dans le blanc des yeux...

« Vous êtes sûr qu'elle est morte de mort naturelle ?...

– Mais c'est évident, shérif, vous n'allez tout de

même pas croire que nous l'avons tuée nous-mêmes... D'ailleurs, elle était riche et nous avons tout intérêt à ce que l'on retrouve le corps, sinon l'héritage nous passe sous le nez.

– Et c'est tout ce que ça vous fait ? Si je comprends bien, vous ne l'aimiez guère ? Qui me dit que vous ne l'avez pas emmenée de force ? Une vieille de cet âge en camping, vous n'avez pas honte ! De toute façon, je vous coffre pour passage illicite de la frontière avec un cadavre non déclaré. Donnez-moi le signalement de la vieille dame et ses papiers. Le juge fixera votre caution demain. On s'occupe des enfants. »

Tandis qu'Arthur et Lucile Smeling se retrouvent dans de mauvais draps, à la prison du comté, tandis que les douaniers vérifient toutes les voitures vertes et bleues, fouillent les coffres et démontent les galeries, à la recherche d'une tante Emma baladeuse, Ashley Beny Jr, fils d'un employé de gaz, roule sur une route mexicaine en hurlant de rire... Jamais il n'a trouvé si belle occasion. Les clefs sur le contact, les papiers dans la voiture, le tout à quelques kilomètres à peine de la frontière mexicaine ! Un rêve pour voleur de voiture.

Ashley en avait assez de marcher et de faire du stop pour rien. Avec sa barbe et ses grands cheveux, tous les vacanciers bourgeois lui passaient sous le nez en ricanant.

Et, merveille ! il a découvert une voiture, avec son matériel de camping complet. On a beau être hippie en 1967, sur la route de Mexico, on ne déteste pas l'idée de dormir sous un toit et de rouler au lieu de traîner ses guêtres dans la poussière.

Ashley a repassé la frontière dans l'autre sens, sans aucun problème. Le douanier a regardé le coffre, mais n'a rien demandé de plus...

Lorsque la demande du chef arrive une heure après son passage, les douaniers se grattent la tête dans les deux sens. Voyons... Une voiture verte, ils en ont vu une bonne trentaine depuis le matin... Mais une voiture verte, avec un cadavre enroulé dans une tente, personne n'a vu cela. Et tandis que la famille Smeling se débat de plus en plus difficilement devant un coroner aussi soupçonneux que le shérif... Ashley Beny Junior arrive à proximité d'un terrain de camping.

« Voyons, se dit-il, pour passer inaperçu, la meilleure solution n'est-elle pas de rentrer là ? Demain la voiture sera sûrement signalée. Alors je dors ici ce soir et demain, puis je reprends la route en laissant la voiture là. Avec un peu de chance, j'en trouverai une autre à voler et je repars avec... »

Ashler Beny Jr n'est pas en vacances, lui. Il est en route vers un rendez-vous de hippie, fumeur de marijuana... Il n'a pas de temps à perdre et d'argent à dépenser.

Il faut tout de même deux dollars pour entrer dans le camping, cinq dollars pour garer la voiture et dix dollars pour y passer la nuit. Total : dix-sept dollars... que Ashley Beny Jr trouve tout bêtement dans la boîte à gants, avec le sac à main de Lucile Smeling et quelques traveller's chèques...

Il paie donc royalement, cherche une place et s'installe au camping *Las Floridas*, à cinquante kilomètres de la frontière.

Lorsqu'il gare la voiture à l'emplacement qu'on lui a désigné, il y a à peu près dix-huit heures que la tante Emma est morte, et douze heures qu'elle navigue à vue sur la galerie de la voiture, après avoir parcouru 663 kilomètres dans un sens et environ soixante-dix dans l'autre. Elle a passé la frontière une fois vivante et deux fois morte. Son odyssée va-t-elle enfin s'arrêter là ?

Ashley Beny Jr s'approche de la galerie et commence à défaire les attaches qui maintiennent l'équipement. Il ôte tout d'abord quatre sacs de couchage dans leur sac protecteur, puis veut tirer la toile de tente vers lui.

Elle résiste... Il tire d'un côté, puis de l'autre... s'essouffle en pensant qu'une valise est coincée dedans, entreprend de la dérouler par petits bouts.

C'est alors qu'il aperçoit un pied. Un petit pied, vieux, tordu et tout blanc... Ashley Beny Jr repousse précipitamment le morceau de toile et s'écarte de la voiture, le cœur battant...

Qu'est-ce que c'est ? Un cadavre ? Il y a un cadavre sur le toit, là-dedans, c'est une blague !

Ashley fait prudemment le tour de la voiture et regarde par l'autre côté, vers l'arrière de la galerie. Il soulève, soulève encore et rabat aussitôt, en grelottant de trouille, car il a vu la tête ! Une immense envie de prendre ses jambes à son cou lui vient immédiatement. Et c'est au moment où il s'apprête à récupérer son sac de hippie et à disparaître qu'une main décidée s'abat sur son épaule !

« Alors, mon garçon ? On n'arrive pas à s'installer, hein ? On a des soucis avec son matériel ? On va vous donner un coup de main ! Mon frère et moi, on a l'habitude. »

Ce sont deux colosses en short et chemisette râpée, stupides de bonne volonté, qui attrapent d'un seul coup le paquet de toile, un par la tête, un par les pieds, et le balancent aux pieds d'Ashley Beny Jr, avec un grand sourire...

C'est ainsi que tante Emma s'est écroulée à leurs pieds et qu'Ashley Beny Jr a eu bien des ennuis dans les prisons mexicaines.

Soupçonné de meurtre pendant deux semaines, il ne dut son salut qu'à l'avis de recherche de tante Emma, qui vint tout de même le tirer de sa cellule. Car dans les prisons mexicaines, on enferme d'abord et on discute après...

De leur côté, Arthur et Lucile Smeling durent patienter jusqu'à ce que l'autopsie de tante Emma certifie la mort naturelle, bien que mouvementée.

Un arrêt du cœur en plein sommeil, tout simplement. Une belle mort, arrosée de téquila. Et un bel héritage pour Arthur et Lucile Smeling.

Ashley Beny Jr a croupi quelque temps en prison pour vol de voiture et, il n'y a pas de raison, « pour transport illicite de cadavre à la frontière ». Car nul n'est censé ignorer la loi, même s'il ignore qu'il transporte un cadavre, que ce cadavre soit à lui ou pas. Ainsi repose enfin tante Emma, après une galopade funèbre d'un suspense insoutenable.

L'ÉQUIPÉE SAUVAGE

Messieurs,

Je m'appelle Walter Seifert. Je suis né à Cologne, le 19 juin 1921. Mon père était polisseur de glaces.

J'ai toujours été bon élève. J'ai quitté l'école professionnelle avec un certificat portant la mention « Très bien ».

Pendant la guerre, je me suis spécialisé dans une école technique de l'aviation. J'ai été prisonnier de guerre. Je suis entré dans la police en 1945, avec une note au-dessus de la moyenne.

En 1946, j'ai dû quitter la police. J'étais devenu tuberculeux. On ne m'a jamais donné de pension. Les médecins ont estimé que je n'y avais pas droit. Ils ont prétendu au bout d'un an que j'étais guéri.

En octobre 1955, je me suis marié.

En 1961, ma femme est morte à la suite d'un accouchement prématuré. Les médecins ne l'ont pas soignée. Ils l'ont laissée mourir. Les médecins sont des incapables qui croient tout savoir et ne savent rien.

Pour expliquer cela, j'ai écrit un mémoire de cent vingt pages, intitulé *Matricide, Destin solitaire et Analyse d'un système.* Je l'ai adressé aux administrations, à tous les médecins de Cologne et aux laboratoires pharmaceutiques. J'y démontrais que l'embolie dont ma femme est morte a été mal soignée et que les médecins sont des assassins, les plus grands meurtriers impunis de l'histoire de l'humanité.

Que faire pour en sortir? Faire appel à la conscience humaine? Inutile. Ceux qui agissent aussi mal n'ont pas de conscience. J'ai fait l'analyse du système dans *Politique sociale, médecine sociale, assassinat social.* Alors, puisqu'il n'y a pas de justice, il faut faire justice soi-même. La terreur règne parmi les médecins. On ne peut réagir que par la terreur. Ceux qui m'ont refusé protection par la loi m'ont mis une massue dans la main.

Cette lettre est à la base de tout ce qui va suivre.

11 juin 1964. Neuf heures. Une petite école à Cologne. Une école communale, avec une grande porte par laquelle entrent et s'échappent à heures fixes les centaines d'enfants qui la fréquentent. Cette porte est toujours fermée dans la journée. A côté, il y a un petit portillon réservé aux visiteurs. La serrure en est cassée depuis longtemps et personne n'a jamais songé à la réparer.

Il y a comme cela des failles dans l'organisation des choses. La serrure cassée d'un petit portillon d'école communale, quelle importance? Au contraire, cela évite au facteur de déranger le concierge. Et au professeur en retard de se faire remarquer.

Neuf heures cinq : La classe de troisième et celle de quatrième sortent en file indienne dans la cour de récréation, en tenue de gymnastique. L'institutrice commande le groupe :

« En petite foulée, jusqu'aux portiques, respirez à fond, dégagez les épaules... »

Deux élèves des grandes classes traversent la cour d'un pas plus tranquille. Ils sont de service pour la distribution du goûter de dix heures aux plus petits.

Karl est chargé du chocolat, Peter des petits pains. Ils discutent en marchant vers la grille. Le goûter est prêt, ils ont largement le temps avant dix heures de flâner en regardant les passants. Ils n'ont cours que l'après-midi.

Neuf heures dix : Un inconnu en bleu de travail pousse le petit portillon. Karl l'observe, adossé contre la grille. L'homme a l'air d'un ouvrier. Il referme soigneusement le portillon et s'accroupit pour le bloquer à l'aide d'un coin de bois. Après deux ou trois essais, il réussit à le fermer complètement, et tire dessus pour éprouver sa résistance.

Karl s'approche de quelques mètres.

« Qu'est-ce que vous faites ? »

Sans répondre, l'homme se redresse. Il porte sur le dos un matériel compliqué mais reconnaissable, destiné à pulvériser de l'insecticide : une bouteille à air comprimé et un tuyau terminé par une lance.

« Eh ! monsieur, vous allez réparer la serrure ? C'est pas trop tôt ! »

Toujours sans répondre, l'homme secoue la tête et se dirige vers le terrain de gymnastique.

Karl le regarde s'éloigner tout droit vers l'institutrice qui commande les exercices à une quarantaine de gosses.

« Les mains sur les hanches... le dos plat... le buste à droite... devant... à gauche... »

Neuf heures quinze : L'homme s'arrête à trois mètres de l'institutrice qui ne s'en préoccupe pas. Elle ne l'a pas vu arriver, elle lui tourne le dos.

L'homme dirige l'appareil dans sa direction, et tout à coup, une flamme en jaillit, une petite flamme de cinq à six centimètres, bleue et orange, qui grandit et devient rouge, grandit encore... un mètre, deux, elle devient jaune et se met à siffler, mais s'allonge encore.

Les enfants se sont figés. Quarante statues en short regardent soudain la flamme gigantesque atteindre l'institutrice qui hurle et s'enfuit, courbée en deux par la douleur, avant de s'effondrer dans les buissons le long du mur. D'un seul élan, les quarante statues bondissent. A droite, à gauche... piaillant, hurlant, comme une volée de moineaux terrorisés.

Surpris par l'événement incroyable qui se déroule sous ses yeux, le jeune Karl n'a pas bougé. A voix haute à l'adresse de son camarade aussi stupéfait que lui, il bredouille :

« Mais... mais c'est une blague ? »

L'homme se dirige vers le bâtiment de droite. Son bras droit fait des moulinets, comme avec une fronde, et presque aussitôt la vitre de la classe numéro deux, au rez-de-chaussée, vole en éclats. C'est une classe de petites filles.

La flamme immense pénètre à l'intérieur en ronflant, balaie les murs, les robes, les bureaux, s'attaque au tableau noir, chassant les enfants d'un mur à l'autre, brûlant les jambes, les bras, les cheveux. Les cris s'entendent jusque dans la rue. Le toit de l'école commence à prendre feu.

Karl, dans son coin, près de la grille, s'acharne à débloquer le portillon, car sa bicyclette est restée à l'extérieur. Il a compris, cet homme est un fou, il faut prévenir la police.

Mais le morceau de bois a été parfaitement taillé pour son usage. Il résiste aux secousses désespérées du gamin.

Pendant ce temps, l'homme a atteint l'autre bâtiment. A nouveau son bras fait des moulinets, une seconde vitre éclate et la flamme grondante balaie l'intérieur de la classe des garçons.

En se retournant, Karl voit son copain Herbert sauter par la fenêtre, comme un chat, et atterrir aux pieds de l'homme. Agrippé aux barreaux qu'il escalade, Karl se met à hurler :

« Sauve-toi, Herbert, sauve-toi ! »

Mais l'homme l'a vu. Il dirige son lance-flammes

sur le gamin à terre et en quelques secondes l'enfant est devenu une torche hurlante.

Karl saute enfin de l'autre côté du portillon et cherche de l'aide. Mais la rue est déserte et son vélo n'est pas là. Il s'est trompé. Il l'a laissé dans la cour, près d'un arbre. A grands coups de pied rageurs et aidé par Peter resté de l'autre côté, Karl réussit à débloquer le portillon et fonce sur son vélo. Le poste de police est loin, c'est la seule façon de s'y rendre le plus vite possible.

La panique est générale à l'intérieur des classes, mais la cour est vide. Les enfants qui faisaient de la gymnastique se sont réfugiés derrière les buissons qui bordent le stade. Personne ne bouge. Il n'y a que Karl qui court en direction de son vélo, et l'homme au lance-flammes. Son appareil s'est éteint brusquement et il le jette avec colère loin de lui. Dans sa main droite, il tient maintenant une lance courte et pointue qui brille au soleil... Il avance vers une porte, l'arme pointée devant lui.

Une institutrice qui sort en courant juste en face de lui est sa première cible. La lance l'atteint en pleine poitrine. Le geste a été si rapide que Karl, son vélo à la main, ne peut s'empêcher de rester planté là au lieu de courir. Il voit l'homme retirer son arme et courir à l'assaut d'un pavillon. Celui des plus petits. Il attaque la porte qui résiste. La jeune femme qui tentait de la fermer n'a pas fait assez vite. L'homme la tire en arrière et elle dégringole les marches pour atterrir dans le sable de la cour.

Deux coups de lance au hasard sur les jambes et un dans le dos, mortel. Elle ne bouge plus, fichée en terre comme un gibier.

Karl saute sur son vélo et fonce à travers la cour en direction du portillon ouvert. De l'autre côté, l'homme court comme un dératé jusqu'au mur de clôture, puis il se ravise, et Karl le voit revenir en arrière, arracher la lance, reprendre sa course, escalader le mur et disparaître.

Neuf heures vingt : Pendant que Karl, essoufflé, jette son vélo devant le commissariat de police, une vingtaine de personnes s'élancent à la poursuite du fou. La directrice a appelé les pompiers et les voitures rouges sont déjà sur place.

L'homme court sur la ligne de chemin de fer qui longe l'école. Derrière lui, la meute des professeurs et des institutrices se rapproche. On tombe, on se relève, on crie... mais on gagne du terrain.

Bientôt, l'homme est rejoint. Il fait face, comme un sanglier furieux. Sa lance fait le vide autour de lui. Les poursuivants n'ont que leurs mains nues. On s'observe. Chaque fois que les chasseurs avancent, le sanglier recule en grognant, sa lance battant l'air autour de lui.

Neuf heures trente : Karl s'est évanoui de peur au commissariat. Mais, avant cela, une voiture de police est partie sur ses indications, sirène hurlante. Elle s'arrête à dix mètres de l'homme et de ses poursuivants. Deux policiers en jaillissent, l'arme au poing.

Neuf heures trente-huit : Sur la voie du chemin de fer, planté au milieu des rails, l'homme hésite. Devant lui, le groupe de l'école, en demi-cercle, qui lui barre la route. Derrière lui, les deux policiers. Un coup de feu d'avertissement.

« Lâche ça ! »

D'un bond en arrière, le forcené se jette sur le policier qui vient de tirer; l'homme esquive, roule à terre, pendant que son équipier vise avec calme et tire à son tour.

Neuf heures quarante : Atteint à la cuisse, l'homme s'écroule en travers des rails. Et il se fait un grand silence autour de lui. Un silence essoufflé, stupéfait... C'est fini. Le fou est à terre.

Alors, les hommes et les femmes s'approchent. Pour regarder le monstre, la bête inconnue et sauvage qui vient de faire autant de dégâts en vingt-cinq minutes. Et ils vont assister là, dans ce désert de rails, de wagons et de locomotives, à un interrogatoire étonnant.

Stéphane, Dorothée, Clara, Renée, Rosel, Ruth, Karine et Ingrid, de huit à douze ans, morts brûlés par le lance-flammes. Deux institutrices, Ursula et Gertrude, trente-six et quarante-quatre ans, mortes à coups de lance. Une vingtaine d'enfants brûlés. Une école dévastée.

L'homme qui a fait ça en vingt-cinq minutes est à terre, une balle dans la cuisse, la tête sur un rail de chemin de fer. On attend l'ambulance, on regarde et on écoute. Un policier se penche sur le blessé :

« Vous m'entendez ?

– Oui.

– Comment vous appelez-vous ?

– Walter Seifert.

– Quel âge avez-vous ? »

Réponse étonnante, l'homme ne donne pas son âge, mais sa date de naissance. Comme s'il remplissait un formulaire. Mais sa voix se brouille :

« 19 juin 1921.

– Quel est votre métier ? »

L'homme marmonne quelque chose d'incompréhensible.

« Pourquoi avez-vous fait ça ?

– On... a... on a voulu me tuer.

– Qui ? Qui voulait vous tuer ?

– Le chef de la Santé.

– Vous connaissiez les institutrices de l'école ?

– Non, je ne les connais pas. Aucune.

– Vous avez eu des ennuis à l'école ? Vous la connaissiez ?

– Non.

– Et les enfants ? Vous en connaissez un ?

– Non.

– Alors, pourquoi vous avez fait ça ?

– C'est compliqué. C'est une affaire compliquée, très compliquée. »

Neuf heures cinquante : L'ambulance est là. Un

médecin se penche sur le blessé. La balle a traversé la cuisse, mais la blessure n'est pas grave. Pourtant, l'homme a l'air gravement atteint, les traits tirés, le teint blanc, presque vert. Et il est agité de convulsions bizarres, comme s'il souffrait de l'intérieur.

A l'hôpital, le médecin avance un diagnostic surprenant :

« Il va mourir.

– De sa blessure ?

– Non. D'empoisonnement.

– Vous êtes sûr ?

– Certain, mais je ne sais pas ce qu'il a pris.

– Il peut encore parler ?

– Il peut. Mais ça ne durera pas longtemps. »

Les policiers font vite. Le temps de vérifier l'identité de Walter Seifert, tout juste le temps de faire prévenir sa famille, s'il en a une. Il en une : un père, une mère, un frère.

C'est un ancien prisonnier de guerre. Il est veuf; il se prétend malade et réclame une pension depuis des années. Il réclame justice aussi pour la mort de sa femme.

Des psychiatres ont examiné son état mental et l'ont jugé, en 1954, dix ans plus tôt : c'est un schizophrène à évolution paranoïaque, mais inoffensif. Son idée fixe est résumée en une longue dissertation écrite de sa main, et qu'il distribue autour de lui. Il l'a intitulée : *Politique sociale, médecine sociale, assassinat social.*

Il y exprime son refus de tous les diagnostics des médecins sur son état tuberculeux. Bien que guéri d'après eux, il est sûr du contraire. Sûr aussi qu'on a tué sa femme. Que les médecins ont tué sa femme. Depuis des années, il traîne un curieux sourire figé sur son visage maigre. Mais, d'après son entourage, il a toujours été calme.

Son plus jeune frère raconte cependant aux policiers une drôle d'histoire. Il y a quelques années, après la mort de sa femme, Walter est venu le trouver chez lui, un soir. Son éternel sourire coincé dans la mâchoire :

« Je voudrais que tu t'associes avec moi.

– Pour quoi faire ?

– J'ai fait un croquis de la maison des parents. Tu vois là, c'est la cave. Et là, il y a une porte... Si on creuse dans la cave, on peut faire une pièce souterraine de trois mètres sur deux et un escalier qui va jusqu'à la porte.

– Et alors ? Qu'est-ce que tu veux faire d'un trou dans la cave ?

– On pourrait y mettre des filles.

– Des filles ? Mais pour quoi faire ?

– Pour les garder. Elles seraient là, à notre disposition, à toi et à moi... J'irais les attraper dehors, avec un mouchoir et de l'éther, elles seraient évanouies, elles ne verraient pas où je les emmène...

– Tu es fou, Walter ? Ou tu plaisantes ?

– Je ne plaisante pas... »

Trois fois, Walter avait ramené sur le tapis son projet insensé, et finalement son frère s'était fâché et l'avait fichu à la porte. Mais sans rien dire à personne. C'est déjà dur d'admettre que son propre frère est un fou. Encore plus dur de réfléchir à son cas et de le faire enfermer.

Walter était reparti à son nouveau métier de fraiseur sur métaux. Walter n'avait plus parlé de trou dans la cave. Il s'était mis à écrire l'analyse du système. A la faire polycopier et à l'expédier inlassablement partout, à toutes les adresses indiquant médecine, santé ou laboratoires...

La veille de son équipée sauvage à l'école, Walter a regardé la télévision en famille et s'est mis en colère après un plombier qui avait mal réparé un tuyau de la salle de bain. Personne ne se doutait qu'il avait caché dans une cabane, en face de l'école, tout un petit matériel conçu par lui.

Le bloc de bois, taillé pour bloquer le portillon. Un vieil appareil à insecticide transformé par lui en lance-flammes. Comme pour la guerre. Une lance, fondue et aiguisée de ses mains à partir d'une barre de fer. Une fronde, en fil d'acier et cuir, pour lancer des pierres.

On a retrouvé tout ça, éparpillé dans la cour de l'école, et sur les rails du chemin de fer.

« Il y a longtemps que vous prépariez votre plan ?

– Longtemps.

– Pourquoi ? A cause des docteurs ?

– A cause d'eux.

– Lesquels ? »

Walter prononce deux noms, distinctement. Il est en train de mourir mais son idée fixe est toujours là.

« Vous savez ce que vous avez fait ?

– Je sais.

– Qu'est-ce que vous avez fait ?

– J'ai fabriqué un lance-flammes pour attaquer les gens.

– Pour les tuer ?

– Oui. J'en ai tué. Au moins trois.

– Quand avez-vous fabriqué la lance ?

– Il y a huit mois.

– Et le lance-flammes ?

– Pas longtemps.

– Vous regrettez ?

– Je ne sais pas. Il faut prendre ses responsabilités.

– Pourquoi avez-vous tué les institutrices ?

– Elles sont venues vers moi.

– Et les enfants ? Pourquoi ? Vous n'aimez pas les enfants ?

– Si.

– Alors pourquoi ?

– C'est trop long à expliquer.

– Vous me le direz demain ?

– Oui. Demain... »

11 juin 1964, vingt heures trente. Walter est mort. L'autopsie révèle la présence d'un poison bien connu, le E605, en quantité largement mortelle.

Dans la cour de l'école, on a retrouvé un petit tube de verre contenant le reste de ce poison. Près de l'endroit où le matin même, les enfants du cours de gymnastique subissaient la première attaque.

Walter Seifert l'avait brisé d'une main contre un poteau, pour en avaler le contenu, avant d'allumer son engin de mort. Déjà mort lui-même. D'avance.

LE GRAIN DE SABLE

C'EST le président de la Cour suprême du Colorado, John Verdune, qui parle :

« Nous n'avons trouvé nulle part, dans les archives criminelles, une affaire aussi épouvantable. Je doute même qu'on puisse relever un cas semblable dans les ouvrages de fiction. »

Maintenant, c'est l'acteur principal qui parle :

« Je crois que je ferais n'importe quoi pour de l'argent... »

Cet homme qui prétend faire n'importe quoi pour de l'argent, c'est John Gilbert Graham. Nous l'appellerons John pour plus de simplicité.

John a deux ans lorsque son père meurt d'une crise cardiaque. Demeurée sans ressources, sa mère est obligée de le confier à un orphelinat de Denver, au Colorado, où il va rester cinq ans.

Sa mère est le type même de la veuve américaine qui n'entend pas le rester longtemps. C'est une brave femme au demeurant mais, comme beaucoup de ses semblables, il lui semble normal, voire indispensable, d'être nantie d'un mari, chargé pour sa part de faire rentrer les dollars à la maison. Un riche éleveur de la région fera l'affaire.

Le foyer étant reconstitué, John qui a sept ans, l'âge de raison, retourne vivre auprès de sa mère et de son beau-père.

A seize ans, en trichant sur son âge, il s'engage

dans la marine. Neuf mois plus tard, il déserte, car la discipline l'ennuie, l'armée l'ennuie, seul l'argent l'intéresse. Or on est très mal payé dans les gardes-côtes. John retourne à Denver et y trouve un emploi de caissier assez bien payé.

Seulement, lorsqu'il décide d'acheter une voiture de sport, sa feuille de paie n'y suffit pas, même multipliée par dix !

John n'a pas besoin de réfléchir longtemps pour trouver la solution. Il vole un chéquier de son entreprise, imite la signature de l'un des directeurs pour parapher lui-même les chèques dont il a besoin. Il encaisse ainsi quatre mille deux cents dollars et disparaît pendant huit mois. Au Texas, la police locale l'arrête pour vente illégale d'alcool. Extradé au Colorado, il se retrouve nez à nez avec la police de Denver qui voudrait bien obtenir quelques explications sur les chèques qu'il a tirés. John est encore jeune, il appelle maman au secours.

Maman, qui vient de perdre son second mari, d'une crise cardiaque lui aussi, est riche. Maman rembourse deux mille cinq cents dollars escroqués par son fils et supplie le tribunal de l'épargner.

« Cet enfant ne recommencera plus ! Il m'a promis de travailler pour rembourser le reste ! »

Le tribunal se laisse fléchir. John n'a que dix-neuf ans ! Il ne sera condamné qu'à cinq ans de prison avec sursis, à condition de se présenter chaque semaine au poste de police et de rembourser régulièrement !

Mais c'est maman qui rembourse, c'est maman qui donne l'argent de poche. Maman est riche et John a besoin de faire le jeune homme ! Les jolies filles sont chères et le physique de John ne suffit pas pour les séduire.

Il a pourtant ce que l'on appelle une « gueule d'ange ». Un regard pur, l'air toujours étonné, un nez droit, un menton volontaire, un beau garçon certes, mais deux choses le desservent; une bouche un peu trop épaisse, un peu trop rouge, et des épaules étroites.

Ces deux détails détruisent le reste. Ils gênent même. En 1955, John a la trentaine. Pour fêter cet événement, il se marie et s'achète en même temps une conduite.

Il cesse de boire outre mesure, trouve un emploi de mécanicien et fait deux enfants.

Ravie, la maman, devenue grand-mère, y va d'un cadeau royal : un restaurant de trente-cinq mille dollars, dont elle confie la direction à son fils. Apparemment, John travaille dur, John s'est résigné à gagner honnêtement l'argent dont il a besoin... apparemment.

Il achète même un camion pour transporter les marchandises destinées à son restaurant.

Seulement, à l'époque, personne ne comprend pourquoi, il tombe en panne précisément au milieu d'un passage à niveau automatique...

John a de la chance : il saute du camion, juste avant l'arrivée du train ! Cinquante dollars d'amende, mais l'assurance paie le camion, et le contenu du chargement.

La note est plutôt salée, mais personne n'arrive à prouver que les factures que présente John sont un peu truquées. Peu de temps après cet exploit, une fuite de gaz endommage une bonne partie du restaurant...

John, à titre de gérant, reçoit encore de l'assurance une somme coquette. Son compte en banque est désormais confortable mais ces petites escroqueries ne sont pas suffisantes.

Quand John dit qu'il ferait n'importe quoi pour de l'argent, il vise bien plus haut.

Ce qu'il vise exactement, il ne le sait pas encore, il n'a pas vraiment d'idée. John est un feignant qui escroque, à l'inspiration, selon les événements. Il suit l'actualité en quelque sorte. Or, depuis l'explosion du restaurant, il ne se passe rien dans sa vie. Sa femme, Gloria, n'est pas passionnante et pas très riche non plus...

Par contre, maman est riche depuis son veuvage. Elle est riche mais ne se décide pas à se séparer de ses dollars sans raison valable.

Que faire ? Qu'inventer ?

C'est bien joli de dire qu'on ferait n'importe quoi pour de l'argent, mais c'est quoi, n'importe quoi ? et comment ? C'est en lisant son journal que John va trouver l'idée. Une idée qu'il trouve fantastique, énorme et simple à la fois. Il suffit d'y réfléchir un peu, de calculer à la minute près le déroulement des opérations et tout ira bien. Cela ne peut qu'aller bien. C'est la loi des séries... Qu'est-ce que la loi des séries ? Eh bien, ça n'est pas n'importe quoi justement, c'est beaucoup mieux que ça. Par exemple, lorsqu'on dit : jamais deux sans trois... si le trois se produit, c'est cela la loi des séries. Une sorte de hasard organisé, en quelque sorte.

John va donc utiliser la loi des séries la plus simple : c'est-à-dire, le jamais deux sans trois.

Il y en a déjà eu deux... John se charge du trois, c'est plus sûr. De plus, pour que ce trois ne paraisse pas bizarre, il faut faire très vite.

C'est bientôt Noël. La maman de John est venue passer quelques jours chez son fils. Elle doit maintenant repartir. Maman a d'autres enfants, nés d'autres mariages. Il faut distribuer les visites et les dollars équitablement en ces périodes de fêtes.

Maman va donc prendre l'avion pour l'Alaska, voir une de ses filles. Elle décollera de Denver et ne reviendra pas avant longtemps, dit-elle, car on s'ennuie au Colorado.

En vingt-quatre heures, John met au point un plan diabolique. Il se procure le matériel nécessaire à son exploit, s'enferme chez lui et se penche sur des papiers qu'il couvre de calculs mystérieux. Il semble soudain pris d'une frénésie d'exactitude. Règle sa montre sur la pendule, la pendule sur sa montre, bref... John a besoin de savoir :

a) Combien de temps met sa voiture, à telle vitesse, et compte tenu des feux rouges, pour se rendre à l'aéroport.

b) Combien il y a de kilomètres de Denver (Colorado) jusqu'au pic de Medicine Bow (dans le sud du Wyoming).

c) Quelle est la vitesse de croisière d'un DC 6, par rapport à un DC 4... et combien de temps il lui faut pour parcourir cette distance.

En ajoutant le résultat du petit *a*) au résultat de ($b + c$), John arrive à une première solution : dix-sept heures.

Dix-sept heures sera donc l'heure H. Maintenant, John a besoin de :

1) sept kilos de dynamite,
2) deux détonateurs,
3) un réveille-matin,
4) du fil électrique,
5) une boîte en carton,
6) du papier de Noël et un ruban.

Un, deux, trois, quatre vont faire une jolie bombe... Cinq et six feront un joli paquet de Noël.

Or, si John a pensé à utiliser la loi des séries, c'est que, six ans plus tôt, en 1949, Albert Guay faisait sauter un avion pour supprimer une femme. L'avion sauta, mais Albert Guay fut pendu. Et d'un.

Mais ensuite, en 1955, *deux jours...* deux jours avant que John ne confectionne sa petite bombe enrubannée, un DC 4 décollant de Denver s'écrasa contre le pic de Medicine Bow, avec soixante-dix personnes à bord. Ça, c'était le Destin.

Et de deux.

Le troisième serait donc le DC 6 décollant de Denver pour l'Alaska et qui devait effectuer exactement le *même* trajet. Donc, s'il explosait à dix-sept heures, contre le pic de Medicine Bow, on penserait immédiatement à la loi des séries.

La confection de la bombe ne pose pas trop de problèmes. John se rend dans un petit village minier du Colorado et achète, dans un drugstore où l'on vend un peu de tout, vingt bâtons de dynamite. Il les relie à deux détonateurs amorcés par la minuterie d'un réveille-matin.

Il ne reste plus qu'à faire un joli paquet enrubanné et à le glisser dans la valise de sa mère, déjà fermée, prête au départ. La femme de John, Gloria, le surprend en train de caser difficilement le colis dans une petite valise verte.

« Qu'est-ce que tu fais ? »

– Chut !... Ne lui dis rien. C'est une surprise. Son cadeau de Noël. Je veux qu'elle le trouve en arrivant là-bas... »

Gloria sourit et John sourit... pour une autre raison.

Il est fier de lui. Il a tout calculé à une minute près. L'avion explosera exactement dans la zone de la catastrophe précédente. Et toute enquête sera impossible, car les sommets de Medicine Bow sont pratiquement inaccessibles.

Seulement, dans toute opération minutée comme celle-là, l'ultime sécurité serait de faire une répétition ! Et cela, bien entendu, c'est impossible.

Or, dans la belle mécanique de précision mise au point par John Graham pour supprimer sa mère, l'avion qui la transporte et les autres passagers, va se glisser le minuscule grain de sable qui sera sa perte.

C'est un homme, ce grain de sable. Il va gripper la belle mécanique. Mais à l'instant où John a glissé le « colis de Noël » dans la valise de sa mère, tout est joué, irrémédiablement. Le grain de sable en dérangeant les plans criminels de John peut-il sauver la vie des quarante-trois passagers du DC 6 ?

Mme King, la mère de John, est au comptoir des bagages, dans la cohue de l'aéroport de Denver.

La petite valise verte est sur la bascule. L'employé accroche l'étiquette du vol 629 et marmonne :

« Ça fait trente dollars !

– Trente dollars ? Pourquoi trente dollars ?

– Dix-neuf kilos d'excédent de bagages, madame !... Ça fait trente dollars ! »

Mme King considère sa valise avec étonnement. Aussi riche qu'elle soit devenue, elle n'aime pas payer des imprévus. Elle s'adresse à son fils :

« John, je crois que je vais laisser cette valise... Je la prendrai à mon retour... »

John, à ce moment-là, est sûrement devenu aussi vert que la valise en question. Il trouve pourtant la force de répondre calmement :

« C'est ridicule, maman. Tu as là-dedans une bonne partie de tes vêtements chauds et il fait froid en Alaska ! »

Le grain de sable n'est pas là, pas encore. Mme King va céder, payer les trente dollars, et la valise verte s'éloignera au milieu des autres, sur le long tapis noir, jusqu'au chariot... jusqu'à la soute à bagages.

Dans tous les aéroports des Etats-Unis, il existe des distributeurs d'assurance-vie. Avant de prendre l'avion, chaque passager peut assurer sa vie comme il achèterait un paquet de chewing-gum... Mme King a des réflexes conditionnés :

« John... Va m'en chercher une ! »

John proteste pour la forme, car il n'en espérait pas tant. Puis il obéit et pour un dollar cinquante, revient avec une police de trente-sept mille cinq cents dollars, que sa mère signe sans même regarder. Le grain de sable n'est toujours pas là, au contraire.

A cette minute, tout semble réussir à John. La valise est dans l'avion, et en plus de l'héritage de sa mère, il est certain de toucher le montant de la police d'assurance.

Suivi de sa femme, il accompagne sa mère jusqu'au point d'embarquement. Cinq minutes plus tard, il l'aperçoit au milieu du groupe des passagers franchir la passerelle du quadrimoteur. Des mains se lèvent, au hasard, en signe d'adieu. John regarde sa montre et propose d'aller boire un verre au bar de la terrasse pour regarder l'avion décoller. Du bar, on aperçoit le gros appareil blanc, dont les moteurs ne tournent pas encore. Pourquoi ?

John regarde sa montre, inquiet. C'est l'heure ! L'avion doit décoller dans dix minutes. Il lui faut le temps de faire un tour de piste, et d'attendre les ordres de la tour. Qu'est-ce qu'il attend ? La voix veloutée de l'hôtesse révèle bientôt la cause de ce retard :

« Monsieur Bernst, passager du vol 629, est attendu à la porte d'embarquement. Monsieur Bernst ! dernier appel pour le vol 629... »

John pâlit. Si ce Bernst ne se présente pas dans deux minutes, c'est l'extrême limite et tout est fichu. La bombe explosera trop tôt, l'avion tombera dans un endroit accessible et il y aura enquête...

« Monsieur Bernst... dernier appel pour le vol 629... monsieur Bernst... »

Une minute encore, une minute et tout ira bien pour John. La bombe doit exploser à dix-sept heures. Il est seize heures vingt-neuf... John refait ses calculs mentalement : dix minutes pour le tour de piste, décollage à seize heures quarante; vingt minutes de vol jusqu'au Medicine Bow, et à dix-sept heures, tout saute...

« Monsieur Bernst est prié de se présenter sur la piste d'embarquement.

« ... Si M. Bernst veut bien se présenter.

« Décollage immédiat du vol 629... Monsieur Bernst... »

John regarde tellement sa montre qu'il en a mal aux yeux. Sa femme s'aperçoit de son agitation :

« Qu'est-ce qu'il y a, John ? Tu n'es pas bien ? »

Son mari est tellement pâle tout à coup qu'il lui fait peur.

« John ! Tu es malade ? »

John est malade pour de bon. Il éprouve tout à

coup de violentes nausées, il court vers les lavabos. Lorsqu'il revient, décomposé, le DC 6 est toujours sur la piste, moteurs silencieux, et un homme habillé de gris court vers l'échelle, son manteau vole derrière lui, sa valise le gêne. Il s'arrête, reprend son souffle, change sa valise de main et reprend sa course.

Il ne reste plus que dix-neuf minutes avant l'explosion...

Le compte à rebours n'a pas fonctionné comme prévu. M. Bernst, le grain de sable, s'engouffre à l'intérieur de l'appareil... essoufflé sûrement. Le pauvre homme a couru, trop couru, trop vite et attrapé la mort au vol...

La mort s'ébranle lentement. John la suit des yeux jusqu'au bout de la piste, moteurs grondants. Il la regarde s'élever et disparaître à l'horizon...

Inquiète, sa femme l'interroge :

« Tu vas mieux ? Tu devrais boire un thé, John, tu es encore tout pâle... »

John boit un thé. Il a tout raté. On retrouvera les débris de la bombe dans la valise de sa mère. Qui aurait intérêt à tuer cette femme anonyme, sinon l'un de ses proches ? De plus, il y a la police d'assurance à son nom... A moins que... à moins que la bombe disperse suffisamment les débris de l'appareil... A moins que l'on ne retrouve pas la valise verte... Après tout, il y a du monde dans cet avion, et d'autres gens ont pris des polices d'assurance... Pourquoi serait-il particulièrement visé ?

Il est dix-sept heures. John s'est ressaisi. On ne saura jamais qui a mis cette bombe, il a été stupide de se faire tant de souci. Il n'a pas tout à fait réussi son plan, mais qu'importe... En sortant de l'aéroport, John passe devant un groupe de personnes très agitées, et n'entend que des bribes de phrases :

« Catastrophe... à soixante-dix kilomètres d'ici... pas de signal de détresse... les malheureux... »

John entraîne sa femme. Inutile qu'elle se doute de quelque chose maintenant. Il sera toujours temps.

C'est une fois rentrés dans leur appartement qu'ils apprennent tous deux, officiellement, la nouvelle.

« Un DC 6, assurant la liaison entre Denver et Portland, s'est écrasé dix minutes après son décollage. Il n'y a aucun survivant parmi les quarante-quatre passagers. On ignore encore les raisons de cette catastrophe aérienne qui survient deux jours après celle du DC 4, où soixante-six personnes ont trouvé la mort, etc. »

Aucun survivant... John a beau être officiellement désespéré, il a beau se laisser consoler par sa femme, intérieurement il se frotte les mains. Après tout, c'est le crime parfait...

Treize jours vont passer. Treize jours pendant lesquels les experts entreprennent le lent et patient travail de reconstitution. En effet, chaque fois qu'une catastrophe aérienne survient aux Etats-Unis, ou ailleurs, sans que les causes en soient évidentes, on reconstitue patiemment l'avion.

Les morceaux de carlingue sont rassemblés sur ce que les enquêteurs appellent un « treillis de poulailler ». Il s'agit d'un grillage auquel on donne la forme initiale de l'avion, et sur lequel on place, un à un, les débris récupérés.

S'il manque, dans cet assemblage, une section importante de la carlingue, on est à peu près sûr qu'il y a eu explosion à bord de l'appareil...

Dans le cas du vol 629, il ne fut même pas nécessaire d'aller jusqu'au bout de ce patient travail. Il était évident que la soute à bagages avait explosé. Le métal était dirigé vers l'extérieur, et le plancher s'était volatilisé...

Les débris étaient répartis sur dix kilomètres, dans une plaine, et une semaine après l'accident on avait déjà retrouvé des fils électriques n'appartenant pas à l'avion...

D'ailleurs, un fermier avait vu l'explosion depuis

le champ de betteraves où il travaillait. Grâce à son témoignage, un expert découvrit sans peine les restes du mouvement d'horlogerie. Le doute n'était plus possible...

La formidable organisation d'enquête du F.B.I. s'ébranla immédiatement. Il s'agit de découvrir lequel des trente-neuf passagers, ou des cinq membres de l'équipage, était visé.

John Hoover, le patron du F.B.I à l'époque, « lâcha » sur l'affaire deux cents agents fédéraux pour recueillir les dépositions des parents, amis, relations, employeurs ou employés de toutes les victimes, sans exception.

Il ne faut pas oublier que, légalement, un attentat aérien aux Etats-Unis est une atteinte à la sécurité de l'Etat. Selon la loi, les avions civils, en cas de conflit, tombent sous la juridiction du Pentagone. Ils doivent donc être disponibles à tout moment, et si l'un d'eux est volontairement détruit, l'affaire devient extrêmement grave. L'enquête alla très vite. Denver n'était qu'une escale pour le DC 6, qui était parti de Chicago et avait accompli cette première partie du voyage sans incident. Partant de l'hypothèse que la bombe avait été chargée à Denver, la dernière escale, les enquêteurs examinèrent de près la vie des quatre passagers qui y étaient montés : un jeune couple sans histoire; M. Bernst, le retardataire, dont l'essentiel des bagages était resté à Denver, tellement il était en retard; et Mme King. Héritière de la fortune considérable de son deuxième mari, celle-ci avait failli renoncer à son excédent de bagage de dix-neuf kilos et son fils, John Graham, avait tant insisté pour qu'elle paie trente dollars et emporte sa valise verte...

En un temps record, le dossier de John est au F.B.I. et dix-sept agents fédéraux le vérifient. Déserteur, faussaire, trafiquant d'alcool, suspecté d'escroquerie à l'assurance, instable, avide d'argent, et suspect numéro un. On découvre même le boutiquier qui a vendu la dynamite et reconnaît John sans hésiter. Le treizième jour, John Graham avoue, après neuf heures d'interrogatoire.

La fureur populaire était telle à Denver, lorsque les journaux publièrent sa confession, qu'il a fallu empêcher la foule de le lyncher pendant son transfert à la prison. Son procès, télévisé de l'Atlantique au Pacifique, suivi par plus de trente millions d'Américains au mois d'avril 1956, souleva l'horreur de l'Amérique.

John Gilbert Graham plaida coupable devant les caméras. Coupable d'avoir tué quarante-quatre personnes innocentes dans le seul but, l'unique but, d'hériter de sa mère. Tout d'abord calme, au début du procès, et apparemment détaché de l'horreur de son acte, John Graham se mit à flancher au fur et à mesure de l'audition de témoins : les nombreux parents de ses victimes. D'heure en heure, les télespectateurs et les journalistes le virent changer d'attitude.

Le 4 mai 1956, un jury composé de sept hommes et de cinq femmes le condamnait à mort, et ses avocats entamaient une procédure d'appel. Mais John la refusa désespérément :

« Je veux mourir... le plus vite possible... Je vous en supplie, le plus vite possible... »

C'était beaucoup demander. Ce n'est que huit mois plus tard, le 11 janvier 1957, que John Gilbert Graham pénétra dans la chambre à gaz. Il n'y eut pas le moindre grain de sable pour venir déranger l'affreux compte à rebours de quelques secondes. Un journaliste écrivit le lendemain :

« C'est presque avec soulagement que Graham a respiré les vapeurs de cyanure. »

M. MUSCLE

« Si tous les jeunes couples divorçaient au bout de dix-huit mois parce qu'ils se bagarrent, le mariage n'aurait plus aucun sens ! »

C'est l'avis du juge du tribunal de simple police.

Anita et Duncan Moodie baissent la tête.

Derrière Anita, sa mère et son père ont un air entendu. Derrière Duncan, sa mère et son père ont un air furieux.

« Quel est le motif invoqué pour cette plainte ? Ah ! oui, coups et blessures évidemment ! »

L'avocat d'Anita saute sur l'occasion :

« Nous avons un témoin, le jeune mari a tenté d'étrangler sa femme... Je cite : « Le mari voulait à « tout prix de l'argent, il était ivre, il est entré dans « le bureau des dactylos, et s'est jeté sur sa femme « en lui réclamant de l'argent. Comme elle refusait, « il a mis ses deux gros bras autour de son cou et a « commencé à serrer. Le chef du bureau et moi- « même sommes intervenus. Je pense que cet « homme est un sale individu. »

Plainte a été déposée par la famille.

« Reconnaissez-vous les faits, monsieur Moodie ?

– Oui, mais je ne voulais pas lui faire de mal. J'avais bu c'est vrai, j'étais énervé...

– Pourquoi vouliez-vous de l'argent ? »

Duncan ne répond pas. C'est sa belle-mère qui explose :

« Il voulait de l'argent parce qu'il ne travaille pas ! On l'a renvoyé de partout, c'est ma fille qui est obligée de le nourrir ! C'est un scandale ! Il la bat tous les jours !

– Madame, c'est votre fille qui demande le divorce ou vous ? »

Il est vrai qu'on peut se poser la question. Depuis le début de l'interrogatoire, Anita n'a pas ouvert la bouche. Elle a l'air d'une poupée frisée et ravissante, à qui il ne manquerait que la parole. Le juge insiste :

« Jeune femme, répondez... Est-ce vrai que votre mari vous bat ?

– Oui, monsieur le juge.

– Depuis quand ?

– Depuis le jour où j'ai voulu changer de programme à la télévision sans lui demander son avis. Ce jour-là, il est devenu furieux et il m'a battue.

– Il a recommencé souvent ?

– Oui.

– Comment vous battait-il ?

– Il me faisait tournoyer très vite, à bout de bras et me lâchait sur l'armoire à glace...

– Pourquoi ça ?

– Je me faisais mal plus vite et il n'avait pas besoin de frapper lui-même.

– Pourquoi n'avez-vous pas demandé le divorce ou prévenu la police ?

– J'espérais qu'il changerait. Je l'aimais, monsieur le juge, mais maintenant ce n'est plus possible. Il boit trop, personne ne veut lui donner de travail, il me fait peur.

– Trois mois de prison ferme pour Duncan Moodie ! »

Un coup de marteau, et on emmène le beau mari qui bat sa femme et se soûle régulièrement. Un bel exemple de statue grecque, une tête à la Errol Flynn. A vingt-cinq ans, il est encore protégé par ses parents qui réclament l'indulgence du juge.

Mais le juge ne peut pas être indulgent. Il faudrait pour cela que la plainte soit retirée.

Les parents du beau Duncan supplient les autres de retirer leur plainte et la belle-mère en profite :

« Si votre brute de fils signe une convention de divorce, je retire ma plainte... »

Tractations des deux côtés.

« Mais, maman, on peut attendre, réfléchir, on a le temps de divorcer. Duncan changera peut-être...

– Tais-toi ! Tu as déjà assez fait de bêtises comme ça ! Je n'aurais jamais dû laisser faire ce mariage... »

Et de l'autre côté :

« Ecoute, papa, je ne veux pas divorcer ! Laisse-moi aller en prison, trois mois, ça passe vite...

– Tu ne sais pas ce que tu dis ! Au bout de trois jours, tu deviendras fou. Je te connais ! Signe, imbécile ! »

Et partant du principe qu'il vaut mieux un bon divorce qu'un mauvais mariage, les parents s'arrangent entre eux. Duncan signe. Ses beaux-parents retirent la plainte, le juge s'en lave les mains, et Anita fond en larmes.

Le mariage avait eu lieu le 12 janvier 1959, la procédure de divorce est entamée en août 1960.

La mère, le père, les frères, les sœurs, toute la petite famille d'Anita l'accueille d'un unanime : « On te l'avait bien dit ! »

Pour ça oui, on le lui avait bien dit. Jusqu'aux parents de Duncan, le père notamment :

« Mon fils est un violent, Anita, vous vous en rendrez compte très vite, réfléchissez bien. »

Mais on ne demande pas de réfléchir à une jeune fille amoureuse de dix-neuf ans. Duncan était grand, beau, fort et musclé, elle ne voulait rien savoir d'autre.

On lui avait pourtant raconté par exemple le jour où il s'était bagarré avec sa sœur aînée, dans un grand magasin, devant tout le monde.

La jeune fille prétendait conserver le porte-monnaie familial pour faire les courses. D'un coup de poing dans la figure, Duncan l'expédie contre la porte de verre de l'entrée. Le panneau explose sous le choc, provoquant de graves coupures aux bras, à la hanche et aux jambes... Pendant que les témoins se précipitent vers sa sœur qui saigne abondamment, Duncan se dirige tranquillement vers le bar avec le porte-monnaie et en ressort quelques heures plus tard, ivre mort.

Il est comme ça, paraît-il, depuis qu'il est tombé, enfant, sur le rebord d'une piscine et s'est fracturé le crâne.

Bagarre à l'école avec ses camarades. Bagarre avec ses collègues de travail. Renvoyé de partout, il passait son temps à boire comme un trou dans les cafés de la ville en proclamant hautement qu'il était le plus fort.

En dernier recours, le père l'avait fait admettre comme ouvrier dans une mine d'or, la plus grande d'Afrique du Sud, au nom imprononçable. Quelques semaines plus tard, Duncan se battait avec le contremaître et l'étalait pour le compte.

Lorsqu'il avait voulu épouser cette petite chose blonde et frêle d'un mètre soixante, au corps de poupée, on imagine l'angoisse des beaux-parents. On imagine aussi leur soulagement en obtenant le divorce... Couverte d'hématomes régulièrement renouvelés sous le moindre prétexte, Anita ressemblait plus à une balle de ping-pong qu'à une épouse choyée.

Voilà où en est l'affaire en août 1960. Tout le monde est soulagé. Seulement, on a tort de croire que la loi a remporté la victoire sur la force imbécile.

Car c'est la première fois que Duncan est battu. Jusqu'à présent, il n'a trouvé personne pour lui donner la bonne raclée qu'il mérite, la seule chose qu'il comprenne. Il ne sait pas que les coups, ça fait mal. Il en a toujours donné et jamais reçu. Même son père, un colosse dans son genre, ne l'a jamais affronté. Duncan conserve le titre de brute épaisse qui ne connaît que ses poings pour donner son avis. Et il ne supporte pas ce divorce obtenu par la ruse. Il aurait préféré la prison, quitte à étaler ses gardiens, histoire de se soulager.

Ce divorce, c'est la frustration, la violence rentrée qui démange, l'humiliation et le désespoir aussi. Les brutes sont ainsi avec leur victime, comme des enfants à qui on retire leurs jouets parce qu'ils les cassent.

Tout d'abord Duncan trépigne de rage, fait la tournée des bars, écrase quelques nez et se soûle copieusement.

Puis il se rend compte que cela ne change rien et que son problème reste entier. Car il aimait sa femme. A sa manière, mais il l'aimait.

Le voilà donc qui se met à réfléchir. Quel est le meilleur moyen de reprendre sa femme ? Comment essuyer cet affront insupportable ?

Le vendredi 19 août, Duncan écrit une lettre à sa femme :

Depuis ton départ, je suis très malheureux. Je ne savais pas à quel point je t'aimais, et je te demande pardon pour tout le mal que je t'ai fait. Reviens, je t'en supplie. Je sais que j'aurai la force de ne plus boire, de travailler et de devenir un bon mari si tu veux bien m'aider. Je t'aime.

P.S. : Je viens de lire un merveilleux ouvrage, intitulé Le Mariage idéal, *je te l'envoie par même courrier. Consulte-le. Si nous adoptons les principes qu'il contient, nous réussirons à être heureux, j'en suis sûr...*

Ton Duncan.

Bien évidemment, cette lettre est un premier pas. Duncan espère que sa femme la recevra le lendemain, en sera émue et qu'il pourra ainsi venir le dimanche, sur la pointe des pieds et la mine attristée, sans être mis à la porte immédiatement. Car c'est là le but. Approcher Anita, de façon à réaliser le scénario qu'il a mis au point.

Et lorsqu'une brute comme Duncan se met à imaginer un scénario, il faut s'attendre à tout.

Le dimanche 21 août 1960, persuadé que sa lettre et le livre sur le « mariage idéal » ont attendri sa femme, Duncan arrive chez ses parents et entre sans sonner. Il compte sur la surprise (c'est psychologique... elle est attendrie, elle pense à lui, il arrive... et le tour est joué ! Voilà ce qu'il croit). Il ignore que la poste, en Afrique du Sud comme ailleurs, a ses raisons que l'urgence ne connaît pas. Une lettre seule postée le vendredi serait arrivée le samedi... mais il y avait un paquet, et le tout n'arrivera que le lundi, c'est bien assez tôt.

Il entre donc carrément dans le salon. La malchance veut qu'Anita y soit seule pour l'instant.

L'effet de surprise n'est pas du tout celui qu'il escomptait. Anita pousse un cri de frayeur. Il fait un pas vers elle, elle recule.

« Reste... Je ne te ferai pas de mal... Je veux que tu reviennes...

– Je voudrais bien, Duncan, mais tu me fais peur... »

Les parents de la jeune femme, ayant entendu du bruit, pénètrent à leur tour dans le salon, la mère comprend immédiatement :

« Qu'est-ce qu'il veut ? Que tu reviennes ?... »

Duncan précipite le scénario. Il faut faire vite avant que le père ou la mère ne se mettent en travers.

« Reviens, Anita, ne les écoute pas... »

Il regarde sa femme avec intensité, les yeux dans les yeux.

« Je ne peux pas, Duncan, c'est fini. Je ne peux pas...

– Si tu ne veux pas me suivre, je me tue... »

Et Duncan sort de sa poche un revolver qu'il lève lentement vers sa tempe, les yeux toujours fixés sur sa femme...

Anita bondit, se précipite sur lui en criant :

« Ne fais pas ça ! »

Quelques secondes, une courte lutte sous les yeux des parents, figés à l'entrée du salon, un coup de feu, puis d'autres, et c'est fini. Anita s'écroule morte, sur le tapis.

Tandis que le père se précipite sur lui et qu'on appelle la police, Duncan lâche le revolver en bafouillant :

« Je n'ai pas voulu ça... Je voulais me tuer... C'est un accident ! »

S'il n'y avait eu qu'un seul coup de feu, les policiers, les parents, tout le monde aurait pu y croire, mais Duncan en a trop fait.

Quatre balles c'est beaucoup pour un accident. C'est beaucoup pour une si courte lutte entre l'énorme Duncan et la mince Anita. Deux balles dans le cœur, une à la tête, une à la nuque... C'est bien visé pour un accident.

La lettre et le livre arrivèrent le lundi, avec le cachet de la poste datant du vendredi. Mais ils ne purent servir d'excuse car, entre-temps, Duncan était allé se procurer une arme chez un ami. Bien au contraire, la préméditation était évidente.

Au procès, l'avocat de Duncan ose pourtant plaider la folie et le meurtre accidentel : la fameuse brume, le moment où l'on ne sait plus ce qu'on fait... Mais le public hurle ! Les témoignages ont afflué de partout. Certaines personnes ont tenté de pénétrer de force dans la salle d'audience et on a dû faire garder les portes par la police. En effet, si les jurés se laissent attendrir par la plaidoirie, on craint pour eux à la sortie. C'est pour cela que le shérif va commettre une faute. Pour mieux surveiller la foule, il s'est placé près du box des jurés et surveille attentivement le fond de la salle, la main sur son arme, qu'il a déjà sortie deux fois pour calmer les manifestants.

C'est une erreur énorme. On peut se demander pourquoi, d'ailleurs, le président n'a pas fait évacuer la salle, plutôt que d'obliger la police à encadrer les jurés, l'arme à la main ou presque.

Duncan voit s'écrouler son système de défense, personne ne croit à l'accident, bien entendu. Alors, il change de tactique :

« C'est vrai, je suis une brute, un dépravé, je n'ai jamais été bon avec personne. Ne croyez pas que je cherche à m'attirer la sympathie des jurés, je n'en vaux pas la peine. Je mérite la mort... »

Les jurés ne sont pas attendris pour autant, Duncan Moodie est condamné à être pendu jusqu'à ce que mort s'ensuive.

Cela se passait le 20 avril 1961.

Le 3 mai, l'avocat de Duncan se présente au tribunal et demande à rencontrer le shérif :

« Je voudrais savoir, shérif, où vous vous trouviez pendant que les jurés délibéraient.

– Avec eux... enfin, je gardais la porte.

– A l'extérieur ?

– Non... à l'intérieur, j'avais mis deux hommes dehors, il fallait les protéger, on manifestait dehors, il y avait des gens qui lançaient des pierres sur les fenêtres, on ne sait jamais, mon devoir était de les protéger ! »

Et l'avocat triomphe :

« C'est une grave irrégularité ! Une entorse à la procédure ! Nul ne peut dire que la délibération s'est passée dans les conditions requises de sérénité, en présence d'un homme armé, étranger au jury... »

Et, quatre mois plus tard, la Cour suprême d'Afrique du Sud, saisie en appel, déclare la sentence nulle... et Duncan Moodie est libéré vingt-quatre heures plus tard.

C'est alors que la controverse s'installe sur le plan

national. On se renvoie Duncan d'un côté à l'autre à coups d'arguments spécieux.

« On n'a pas le droit de reprendre les débats sur un même crime... la sentence a été déclarée nulle... donc il est acquitté.

– Ah ! non. Puisque c'est nul, il faut tout recommencer !

– Le code ne le prévoit pas !

– La sentence est nulle, c'est donc que le procès est nul. Par conséquent, il n'y a pas eu de procès, et pas de condamné... »

Bref, on est bien obligé de laisser Duncan en liberté, aussi invraisemblable que cela paraisse, et il faut trouver l'argument avec un grand A, qui permettra de le boucler à nouveau.

On le trouve : c'est le même que précédemment mais en sens inverse. La défense a dit : « Il y a irrégularité, donc la sentence est nulle. Le procès est nul, car il n'y a pas eu de procès, donc pas de condamnation, il est acquitté. » Bien. L'accusation contre-attaque : « Il y a eu irrégularité, le procès est nul, il n'y a pas eu de procès, donc pas de condamnation... d'accord ! Donc il ne peut pas être acquitté, puisqu'il n'y a pas eu de condamnation ! » Non mais !

La Cour suprême saute sur le jeu de mots et déclare qu'en effet, étant donné qu'il ne s'est finalement rien passé, il ne reste plus qu'à juger Duncan Moodie pour la première fois !

Mais l'innocent n'a pas attendu qu'on lui mette la main au collet une seconde fois. A peine libéré, il a sauté dans une voiture neuve que sa famille lui a offerte pour fêter sa libération (on aime son fils ou on ne l'aime pas !). Et il a filé au Mozambique, en territoire portugais.

La chasse commence, tout repart de zéro; il s'agit de rattraper un homme qui a tué sa femme avec préméditation et qui, de plus, est en fuite, son compte est bon.

On retrouvera sa piste trois mois plus tard, dans le désert du Kalahari, et il sera finalement arrêté dans une ville-frontière où il négociait la vente de sa voiture hors d'usage à un camionneur, contre un voyage en territoire britannique, le protectorat du Swaziland.

« Mais je ne suis pas en fuite ! Je m'en suis sorti deux fois, je m'en sortirai bien une troisième ! Je n'ai pas peur. »

Le 12 février 1962, devant la Cour suprême de Pretoria, on juge Duncan Moodie pour la dernière fois.

A huis clos, cette fois. Une procédure exceptionnelle entre quatre yeux.

Il y a le président, ses deux assesseurs, l'avocat général et celui de Duncan, qui reprend son argumentation bien sûr. Le procès dure neuf jours.

Le 21 février 1962, à la fin de l'audience, le président déclare :

« Il s'agit d'un meurtre froidement calculé, sans circonstances atténuantes ! Les juges assesseurs sont-ils d'accord ? »

Ils sont d'accord, et c'est la peine de mort, sans appel cette fois, sans recours. Il y a tout de même des cas où les muscles ne peuvent rien.

LA CHANCE DE LUCIE LA NOIRE

MONSIEUR le baron est assis au coin du feu, dans un fauteuil Louis XIII. Autour de lui, le grand salon tombe en lambeaux, la poussière s'est installée en toute impunité sur les meubles, les rideaux sont noirs, le tapis éculé.

Monsieur le baron Maxime vit seul, au milieu de ses livres, en compagnie d'une unique et vieille servante. Elle ne l'a pas quitté depuis qu'il est petit. Depuis longtemps, elle ne sert plus à grand-chose, sinon à éloigner les créanciers de monsieur en les maudissant jusqu'à leur première génération. Cela ne recule les échéances que le temps de vendre un meuble ou un bijou.

Ce soir, monsieur le baron n'a plus rien à vendre. Il n'a pas payé le couvreur qui menace d'arrêter la réfection du toit principal et il pleut déjà dans l'aile droite...

La vieille servante l'a encore menacé des pires sortilèges, mais le bougre réclame son dû, fort de son bon droit :

« Je vous proposerais bien un arrangement, monsieur Maxime... Donnez-moi la ferme du haut pour mon gendre, et je vous fais tout le complet... jusqu'à l'écurie si vous voulez. »

Donner la ferme, cela revient à lâcher le dernier espoir.

Monsieur Maxime promet d'y réfléchir, et le bonhomme s'en va. Il doit se frotter les mains de satisfaction, ils attendent tous que le baron abandonne la lutte pour se partager le domaine comme des rapaces.

Dans la cuisine, la vieille Lucie marmonne des imprécations. On dit dans le pays qu'elle fait de la sorcellerie.

A la campagne, en 1900, il court encore beaucoup de sottises à ce sujet. Il suffit d'une vieille tête ridée et inquiétante, d'une robe noire et d'un caractère de cochon pour qu'on l'imagine à cheval sur un balai.

Lucie la Noire, comme on l'appelle, n'est pas sorcière pour un rond. Seulement, elle a soixante-dix ans passés, n'a pas connu de mari ni d'enfants, et aime farouchement son monsieur Maxime. C'est elle qui l'a élevé, qui a enterré ses parents, c'est elle qui le protège encore à quarante ans, comme s'il en avait douze.

Et c'est d'elle que va venir l'idée. Une idée ingénieuse, dont elle ne mesure pas les conséquences, mais l'intention est bonne.

Pour être sûre de son plan, la vieille Lucie a besoin de vérifier certains ragots, et pour cela il faut sortir du château, aller parler aux gens, les épier. Choses qu'elle ne fait jamais, mais le jeu en vaut la chandelle.

Prenant son air d'oiseau de mauvais augure, sa vieille tête enfouie sous un fichu verdâtre, plus sorcière que jamais, Lucie la Noire part à la chasse. Sans autre fusil que ses yeux perçants, elle a décidé de ne pas rentrer bredouille. Il y va de l'honneur et de la vie du baron Maxime.

Drôle d'honneur et drôle de vie, mais drôle de baron, il faut bien le dire.

La vieille Lucie est donc partie. Elle a raconté pour cela un énorme mensonge à son maître. Une histoire de cousin qui serait mort, avec des tas d'histoires à régler. « L'affaire de quelques semaines », a-t-elle ajouté.

C'est qu'il lui faut du temps pour débusquer son gibier. Quatre ou cinq domaines à visiter et les familles à connaître. Tout ce qui s'appelle « de »... quelque chose dans la région, à cinquante kilomètres à la ronde. Pas plus loin, car le temps presse et la vieille Lucie n'a pas beaucoup de jambes.

Pour faire connaissance avec les gens, sa tactique est simple. Puisqu'elle a l'air d'une sorcière, c'est comme sorcière qu'elle se présente. Mais une sorcière pleine de bonnes intentions, dispensatrice de soins divers et de tisanes mystérieuses.

En fait, Lucie la Noire propose ses services comme les médecins ambulants qui parcouraient l'Amérique du Far West. Comme elle est vieille et bien inquiétante, on ne la renvoie pas tout de suite, ce qui lui donne le temps de poser des questions bizarres.

Ce qu'elle recherche, elle va le trouver en deux semaines, et à moins de trente kilomètres du château de son maître ruiné. Une vraie chance, à croire que les anges s'en mêlent.

C'est un manoir bien confortable, peuplé d'une famille de petite noblesse, entouré de prairies grasses et de vaches normandes. Chez les métayers on est bien nourri et on accueille la vieille à l'heure de la soupe, par respect pour son âge et son balluchon.

La vieille Lucie écoute, pose une ou deux questions, mange sa soupe, et à la nuit noire, va vérifier ce qu'on lui a dit.

C'est vrai. La fille aînée des maîtres du manoir, Mélanie, vingt ans, est en galante compagnie avec un valet, un rustaud de son âge que la différence de classe sociale, comme on dit, ne semble guère troubler. Lucie se frotte les mains. Elle a trouvé son gibier.

Ce que nous connaissons de la chasse extraordinaire de Lucie la Noire est arrivé vingt ans plus tard aux oreilles d'un juge d'instruction. La vieille servante le lui a confirmé elle-même, du fond de son lit et de ses quatre-vingt-dix ans. Et il y a gros à parier d'ailleurs que si la paralysie ne l'avait pas clouée dans un hospice, elle aurait bien trouvé le moyen de rendre la justice elle-même. Peut-être même n'y aurait-il pas eu de justice à rendre.

Pour l'instant, la vieille Lucie rentre au logis du baron Maxime, plus que jamais assailli par les créanciers, et lui dit à peu près ceci :

« Maxime, mon garçon, il faut prendre femme. Une femme riche. »

Jusque-là, cette intention n'a rien de nouveau, sauf que le baron Maxime n'a aucune idée de l'endroit où il pourrait trouver une femme riche et qui veuille bien de lui. Outre qu'il est criblé de dettes, il ne peut guère compter sur son physique pour compenser. Un air sec, des traits aigus, grand et maigre, le célibat et la solitude ne l'ont pas porté à la coquetterie.

D'autre part, dernier descendant de sa famille, il s'est promis de ne pas faire de mésalliance, quitte à laisser le nom s'éteindre après lui. On est baron ou on ne l'est pas.

Où trouver une jeune fille de son rang, nantie d'une dot, même légère, et qui veuille bien s'enterrer ici, au lieu d'espérer le prince charmant ?

Lucie la Noire sait où. Elle s'appelle Mélanie, elle est noble, elle a vingt ans. La vieille parie que la famille ne demande qu'une chose, c'est de s'en débarrasser. On pourrait même faire monter la dot en s'y prenant bien.

Que le baron Maxime fasse atteler sa vieille calèche, enfile son dernier costume et aille demander la main de Mélanie ! Le baron n'est pas choqué, il trouve cela plus simple que de vendre sa ferme. Le baron va demander la main, et la dot, de Mélanie. Lucie la Noire avait vu juste. Beaucoup plus juste qu'elle ne pensait, même.

Leur stupéfaction passée, les parents de la jeune fille affichent un soulagement qui fait espérer beaucoup de leur générosité. Pour se rendre compte de la situation, il faut établir un rapide curriculum vitae de leur fille aînée, jusqu'au moment de la demande en mariage.

A dix ans, Mélanie est déjà une petite fille insupportable, qui court derrière les garçons pour savoir comment ils sont faits. A quinze ans, elle fait fuir l'institutrice (qui s'acharne à lui apprendre à lire et à écrire) en lui racontant des horreurs.

On la met au couvent des Ursulines. Malgré les sommes rondelettes que la famille les supplie d'accepter, les religieuses la renvoient au bout de quelques mois. Mélanie jure comme un charretier et vole le vin de messe pour s'enivrer. Elle dévergonde ses camarades et leur apprend à boire en cachette.

Revenue dans sa famille, elle s'attaque au calvados qui emplit les caves du manoir, et pour ne pas boire seule, se fait des compagnons dans les cuisines, aux écuries et dans les champs. Si on l'enferme, elle menace de tuer n'importe qui.

Si bien qu'à vingt ans, la charmante Mélanie est une habituée des beuveries et plus d'un valet l'a ramenée ivre morte dans sa chambre.

Quant au reste, la famille baisse pudiquement les yeux sur le voile déchiré de sa virginité.

Grâce au Ciel, rien n'est encore venu révéler son inconduite aux yeux du voisinage. Mais les parents tremblent de voir se produire l'inévitable.

C'est dire que la demande en mariage du baron Maxime est la bienvenue. Chacun ayant posé ses intérêts et ses inconvénients, on s'épouse très vite, on regagne le château, on paie les dettes, et une vie d'enfer commence.

Les premières années sont relativement supportables, car le baron a trouvé un moyen simple d'occuper sa femme.

1901, un enfant, Robert; 1902, un autre enfant, Roger; 1904, encore un fils, Jean; 1905, une fille, Elisabeth; 1906, rien. Et pour cause : le baron voyage.

A son retour, c'est le désastre, le vrai. Lucie la Noire, la vieille gouvernante, a été reléguée à l'hospice.

Elle seule arrivait de temps en temps à calmer les fureurs alcooliques de la nouvelle baronne et à tenir la barre de ce foyer cahotant. Elle s'y employait d'autant plus qu'elle en était responsable à plus d'un titre.

Elle partie, Mélanie s'en donne à cœur joie. Les enfants traînent dans la maison, sans surveillance, sales. Personne n'a songé à mettre l'aîné à l'école, et le baron n'a plus qu'à retrousser ses manches pour ramasser les bouteilles vides.

Ce n'est pas une image. Et cela va durer vingt ans, vingt ans d'astuces épuisantes pour que l'alcool ne franchisse pas la porte du château.

Mélanie le fait livrer par la fenêtre. Le baron ne donne plus d'argent, elle achète à crédit.

Il supplie les commerçants de ne plus accepter le crédit de sa femme. Elle vend tout ce qui lui tombe sous la main. Les bibelots, les meubles, les vêtements, les livres.

Cette femme vieillie par l'alcool, à quarante ans, en paraît plus de soixante, et mène à son mari une guerre d'une ingéniosité diabolique pour arriver à boire.

Beaucoup d'alcooliques arrivés à ce stade d'intoxication sont capables de déjouer avec une intelligence étonnante tous les pièges qu'on leur tend.

C'est d'autant plus facile avec le baron qu'il tient toujours à son rang et à sa dignité, avec une ridicule obstination. Sa femme a beau être la pire des pochardes, il la traite en baronne et la traîne à la messe le dimanche.

Mais il y a une fin à tout. Ayant tout vendu, tout épuisé, Mélanie va tenter de jouer sa dernière carte. Il faut qu'elle récupère sa dot. Aussi aberrant que cela puisse paraître, elle va décider de tuer son mari, avec l'aide de ses enfants et de la cuisinière.

La cuisinière est stupide, et sûrement pas en possession de toutes ses facultés mentales, mais les enfants ?

L'aîné, Robert, a dix-neuf ans; les autres, dix-huit, dix-sept et seize ans pour la dernière !

Et c'est à eux que Mélanie annonce :

« Il faut trouver un moyen de supprimer votre père ! »

Robert propose le revolver, pour Roger et Jean il faut payer un gangster à Paris, Elisabeth, du haut de ses seize ans, propose de l'étrangler...

Ils l'ont dit plus tard, ils l'ont reconnu. C'était une sorte de conseil de famille où chacun donnait son avis sur le sujet : Et si on faisait ça ? ou ça ?

Peut-être ont-ils des excuses tous les quatre. On a beaucoup chuchoté dans la région sur la façon dont Mélanie, leur mère, avait lentement semé dans leur esprit tous les vices possibles et imaginables, y compris l'alcool bien entendu.

Donc, tout le monde est d'accord : il faut éliminer papa.

Première tentative : le 12 août 1921.

Mélanie a trouvé des comprimés de sublimé corrosif. Le soir, à table, pendant que les enfants font le guet, elle le jette dans la soupe. Catastrophe, le potage devient bleu... On appelle la cuisinière à la rescousse, et c'est elle qui sauve la situation en rajoutant du lait : Monsieur ne voit rien... Monsieur mange et monsieur ne meurt pas. Le lait a servi d'antidote, il est tout juste un peu malade.

Le baron Maxime ne saura jamais à combien de tentatives de ce genre il a réchappé.

De l'aveu de la cuisinière, il eut de tout dans son potage. C'était à qui trouverait la meilleure idée. Ils y passèrent l'été. Vinrent l'automne et les champignons. Chacun ramenait le sien, le plus vénéneux possible.

Le baron en mangea en omelette, en fricassée, en

salade... C'était à n'y pas croire. Pas un malaise, pas un doute. Rien.

Pour mémoire, un court extrait de l'interrogatoire du capitaine de gendarmerie avec la cuisinière Louise :

« Combien de fois avez-vous préparé des plats semblables ?

– Je ne sais pas. Chaque fois qu'on en trouvait.

– Qui vous donnait l'ordre de les faire manger au baron ?

– Ben, y'avait pas d'ordre... des fois, c'était madame qui disait : « Tiens, essaie donc ça... »; des fois, c'était monsieur Robert, ou les autres... ça dépendait.

– C'était toujours des champignons ?

– Oh ! non... des fois, c'était des poudres, je ne savais pas ce que c'était.

– Vous êtes sûre que c'était bien pour le tuer ? Vous êtes sûre que les champignons étaient vénéneux... ?

– Oh ! ça, j'en suis sûre... On a mis de la poudre à une poule une fois, pour voir, dans le bec... elle a crevé !

– Et monsieur le baron n'était jamais malade ?

– Jamais. Il a toujours eu une bonne santé. A croire que le diable était en lui. Madame disait souvent : « C'est Lucie la Noire qui a jeté le sort, « elle le protège... »

– Pourquoi Lucie ?

– Ben, tout le monde sait qu'elle est sorcière, Lucie... C'est elle qui a fait marier madame, ça fait longtemps qu'on le dit dans le village... d'ailleurs, elle meurt pas. Elle va sur ses cent ans et elle meurt pas... »

Voilà l'ambiance qui régnait aux alentours des années vingt, dans un joli petit pays de France, dans un petit château où vivait une grande famille. Il n'en reste pas moins que l'extraordinaire résistance du baron Maxime posait à sa famille un problème insoluble.

On peut penser aujourd'hui que le malheureux s'est lentement accoutumé aux poisons que déversaient généreusement dans sa soupe sa femme, ses quatre enfants et sa cuisinière. D'autant plus que leurs connaissances dans ce domaine étaient sûrement très limitées. Bref, la saison des champignons passe et le baron est toujours debout. Si tout cela n'était pas si effrayant, on pourrait en rire.

C'est peu de temps avant Noël que le conseil de famille va mettre au point son dernier plan.

Un vieux fusil et des balles fabriquées au village vont permettre à l'aîné de la famille, Robert, de s'entraîner au tir sous la direction de sa mère.

Si cette dernière a finalement consenti à l'utilisation d'une arme à feu, c'est qu'elle croit fermement que son mari est « inattaquable par l'intérieur » ainsi qu'elle le dira plus tard.

Elle fait de son fils un champion de tir en quelques jours. Le jeune homme n'est pas d'une intelligence brillante, mais mettre une balle dans la tête d'un personnage dessiné sur un arbre, c'est à la portée de presque tout le monde.

Le 14 décembre, le baron rentre en voiture de la foire voisine. Il doit longer un petit bois et s'arrêter devant la grille du château pour l'ouvrir. Il n'aura pas le temps d'ouvrir la portière. Son fils l'atteint d'une balle dans la tête. Cette fois, le chêne est abattu, le baron est à terre.

Le soir, le calvados est sur la table.

Le lendemain, les gendarmes arrêtent la mère et le fils, ils ne résistent même pas, complètement abrutis par l'alcool.

Interrogée sur son lit d'hospice, la vieille Lucie la Noire, ayant raconté ce qu'elle savait, la rage au cœur, conclut :

« Cette fille, c'était une fin de race, monsieur. »

Et les jurés ne furent pas tendres pour cette fin de race et son rejeton.

Bien que les psychiatres aient affirmé, démontré (et ils avaient raison) que la mère était folle, alcoolique et son fils complètement dégénéré, c'est la peine de mort pour elle et le bagne à vie pour son fils.

Quant à la cuisinière et aux autres enfants, qui racontèrent si ingénument l'épouvantable jeu de mort auquel ils s'étaient livrés sans résultat, que faire d'eux ?

Qu'a-t-on fait d'eux ? Un peu de prison et à Dieu vat...

Dans les journaux de l'époque, on a titré bien sûr : *Drame de l'alcoolisme.*

La mère a guéri en prison et retrouvé une bonne part de sa lucidité, ce qui l'a plongée dans une grave dépression.

Le gamin, le « gentilhomme » comme on l'appelait au bagne, y est mort. Il était libérable dès 1937 pourtant et il pouvait rentrer en France. Il a préféré rester là-bas, portier à l'hôpital colonial de Cayenne, tuberculeux pendant huit ans, avant d'y mourir, seul.

Alors, tout compte fait, Lucie la Noire était peut-être bien sorcière.

TABLE

IMPRIMÉ EN FRANCE PAR BRODARD ET TAUPIN
58, rue Jean Bleuzen - Vanves - Usine de La Flèche.
LIBRAIRIE GÉNÉRALE FRANÇAISE - 14, rue de l'Ancienne-Comédie - Paris.

ISBN : 2 - 253 - 03745 - 1 30/6102/5